智慧的姑娘

焦沙耶　张运隆　编译

新疆美术摄影出版社
新疆电子音像出版社

图书在版编目（CIP）数据

智慧的姑娘 / 焦沙耶, 张运隆编译. — 乌鲁木齐 : 新疆美术摄影
出版社 : 新疆电子音像出版社, 2013.9 （2015 年 4 月重印）
（哈萨克族民间故事精选）
ISBN 978-7-5469-4398-5

Ⅰ.①智… Ⅱ.①焦… ②张… Ⅲ.①哈萨克族 – 民
间故事 – 作品集 – 中国 Ⅳ.①I277.3

中国版本图书馆 CIP 数据核字（2013）第 232810 号

哈萨克族民间故事精选

智慧的姑娘
ZHIHUI DE GUNIANG

编　　译	焦沙耶　张运隆
责任编辑	栾　蕾
书籍设计	王　芬.
绘　　图	孙与泽
出　　版	新疆美术摄影出版社　新疆电子音像出版社
地　　址	乌鲁木齐市经济开发区科技园路 5 号
邮　　编	830026
发　　行	新华书店
印　　刷	三河市燕春印务有限公司
开　　本	787 mm × 1 092 mm　　1/16
印　　张	11
字　　数	90 千字
版　　次	2015 年 4 月第 2 版
印　　次	2015 年 4 月第 1 次印刷
书　　号	ISBN 978-7-5469-4398-5
定　　价	29.80 元

目　录

石头开门

从前,有个又聪明又漂亮的公主,她爱上了汗王身边一个最年轻的大臣。他们像所有相爱的恋人一样,爱得谁也离不开谁,谁也别想把他们分开。这时,偏偏邻国的王子听说了公主的美丽,一心想娶公主,便要求他的父王派人来向汗王提亲。汗王夫妇认为公主嫁给王子再好不过了,于是同意了这门亲事。可是公主不同意,因为公主爱的是那个年轻的大臣。汗王得知女儿竟敢违背自己的决定,非常生气,当即下令把公主看管起来,日夜监视着公主的一切行动。

邻国的王子听提亲的人回来说,汗王夫妇同意联姻,十分高兴,马上准备礼品前去娶亲,并打算举行四十天隆重的婚礼,三十天热闹的喜庆。就在汗王夫妇兴高采烈为王子、公主准备婚庆的时候,公主趁人们忙乱中疏于看管,一个人逃了出来。她刚逃离王宫不久,看守她的卫士就发现她逃跑了,忙报告汗王。汗王立即派更多的卫士四处搜寻。公

主在卫士们的搜查下逃跑，慌不择路，钻进了离王宫不远一座陡峭的乱石山里。这时，公主听见背后的喊声越来越大，回头一看，追她的卫士们离她已经很近。她真急了，自己都不知道是怎么回事，忽然对着挡在自己面前的一块高大平滑的岩石说起话来："啊，大石头，你快裂开吧！快裂开把我藏起来！"

说怪也真怪！公主刚说完，挡在她面前那块高大平滑的岩石，"轰隆隆"一阵响，从中间裂开了一道石门。公主这时也顾不得好奇，立即钻进石门，说："快关门！"那石门真的就关上了。

石门刚关上，追她的卫士们就到了石门口。卫士们眼看着公主走进石门，眼看着石门把公主关在高大的岩石里面，他们在高大的岩石前又是敲又是喊，可岩石一动也不动。最后，他们实在没法敲开岩石，喊出公主，只得垂头丧气地回去向汗王报告，接受汗王的惩罚。汗王听了卫士们的报告，对女儿的出逃和奇遇，又生气又惊奇，惩治了几个看守公主的卫士，但也想不出抓回女儿的办法，只好向邻国的王子表示歉意，取消了女儿的婚约。

公主被关进岩石以后，听见外面卫士们敲打岩石和高声呼唤她的声音，她担心岩石听到声音，也会像刚才一样再自动裂开，忙在里面不停地祈求："大石头，不要开！大石头，不要开！"

也不知道过了多长时间，公主听不见外面卫士们的敲打声和喊她的声音了，她才停止了祈求，开始查看岩石里面的情况。这里面好像是一座大的宫殿，各种陈设应有尽有。让人奇怪的是里面没有阳光，但到处都非常明亮。这亮光不知来自何处，好像每一处地方，每一件东西都能自己发光。公主在里面转了转,见宫殿里也有不少房间,房间里也布置有各种家具摆设,但却不见有人居住。公主转到一个大厅,大厅里铺着华丽的地毯。地毯的上方放着一张宽大的餐桌,餐桌上铺着洁白的大餐巾,餐巾上摆满各种干鲜果品和奶茶、抓肉、油饼等熟食。看见这些散着香味的饮食,公主才想起自己昨晚到现在还没吃一点东西,已经很饿了。于是也顾不得先征得主人的许可,抓起桌上的饮食就吃了个饱。吃饱喝足之后,她立即感到十分疲乏,就随便找了个能睡觉的房间睡了。她这一觉,也不知睡了多少时间,醒来以后,继续在宫殿的各个房间查看,想找到宫殿的主人。结果还是不见任何一个人,倒是在刚才吃东西的大厅里,发现餐桌上自己刚才吃的手抓肉、油饼,喝的奶茶,都像没人动过一样,还是原来那样摆得满满的,奶茶和抓肉还冒着热气。公主对这儿的一切,感到十分奇怪,她左思右想,想不出个结果,最后,干脆不再去想它。这时,公主忽然觉得既然父王不能容纳自己,这儿倒是一个很好的藏身之处,于是决定就留在这大岩石的宫殿之中,等日后有机会再去找自己心爱的人。

再说那个强迫女儿出嫁,结果婚事未成还丢了女儿的汗王,时间一长就心生悔意了,很想再见到女儿。他听说女儿钻进去的岩石是女儿叫开的,决定亲自去叫开岩石让女儿出来。这天,汗王带上卫士去到女儿进去的大岩石前,高喊:"大石头!大石头!你快裂开!我要见我的女儿,我要给我的女儿梳头!我要……"

汗王的喊声,在岩石里面的公主也听见了,可是她不愿见她的父王,汗王的喊声还没完,她就在岩石里面说:"不要开门,大石头,不要

开门！我不想见我的父亲,我也不要他给我的梳头！"

高大的岩石真的很听公主的话,不管汗王在它面前怎么喊,它就是丝毫不动。汗王没法,只好伤心地回去了。第二天,公主的母亲也到大岩石跟前,面对岩石高声祈求:"大石头,大石头,求你开开门吧！我想见我的女儿,想给我的女儿梳梳头！"

王后的请求,公主也听见了。只是公主同样不愿见她的母亲,高大的岩石照样没有一丝动静。

公主有个不满十岁的小妹妹,公主很喜欢这个小妹妹,这个小妹妹也很喜欢公主,常要公主给她讲故事,给她唱歌。自从公主被看管起来后,小姑娘好长时间不见公主给她唱歌讲故事,想念姐姐了。这天,小姑娘听宫女们说狼群要吃她姐姐,她姐姐躲在后山的大石头里,出不来了,于是她也跑到大岩石跟前,祈求大岩石:"哎,大石头,大石头,求求你,开个门吧！我好想我的姐姐,我想我的姐姐给我唱歌,我想给我的姐姐梳头！啊,大石头,大石头！听说狼群要吃我的好姐姐,求您想法让狼群离开这儿,到很远的地方去,不要让它们吃我的姐姐！"公主听到小妹妹的话很是感动,对岩石说:"大石头,你开个门吧,我想见我的小妹妹！"

她刚说完,高大的岩石"轰隆隆"一阵响,裂开了一道石门。公主的小妹妹见高大的石头,忽然裂开了一道石门,石门中间站着她想念的姐姐,忙扑上去抱住姐姐。姊妹俩见面之后非常高兴,互相拥抱、梳头。公主向妹妹打听她心上人的情况,知道她心爱的年轻大臣,自从汗王同意把公主嫁给邻国的王子以后,非常伤心,整天除公务以外,就是上山打猎，以排除心中的痛苦。得知心上人的痛苦，公主又难过又欣慰，她决定先留妹妹在石洞里住几天，再设法与年轻大臣联系。

这天，早上起来，妹妹对公主说："姐姐！昨晚我做了个梦，梦见我变成了一头小鹿。是你心爱的那个大臣救了我，父王还因此把你嫁给了他。醒来后我又害怕，又高兴。你说这个梦会变成真的吗？"

公主一听，十分惊奇，心想：妹妹的梦怎么和我做的梦差不多，我也梦见父王为了什么事赏赐我心爱的大臣，决定把我嫁给他。公主没有回答妹妹的问话，只说："梦是狐狸拉的屎，不要去管它！"

这天，她们两姊妹到山上玩。她们来到一个清泉边，妹妹对姐姐说："姐姐！我有些口渴了，我们喝些泉水吧！"

公主说："我不渴。你想喝就喝吧！"

妹妹弯下腰去捧了一捧清清的泉水来喝了。那泉水既清凉又甘甜，小姑娘喝了两口，禁不住又捧了一捧起来喝了。她刚喝完，奇怪的事情发生了，活蹦乱跳的一个小姑娘，忽然变成了一头白色的小鹿。公主见自己的妹妹，眨眼之间变成了小鹿，惊呆了，站在泉边不知道该怎么办。这时小白鹿说话了："亲爱的姐姐，你不要怕！记得我给你说过的那个梦吗？现在果然成真了。如今我真变成了小鹿，那肯定你心爱的年轻大臣也会有办法救我。"

公主听妹妹这样说，心情平静了些，但还是不敢相信妹妹说的话。可是妹妹已经变成小鹿了，自己又没法把妹妹变回人形，只得牵着妹妹先回石洞，等日后见到自己心爱的人再说。她知道她心爱的人，如今经常上山打猎以解胸中的痛苦。第二天，她就一个人在山上转悠，希望

能碰见自己心爱的人。说来也巧,正好这天汗王带着所有的大臣,到这个山上来打猎。公主远远的就看见了打猎的队伍,忙爬到一棵大树上躲起来。不一会儿,大臣们到大树下休息,发现树上躲着一个衣衫破旧,披头散发的姑娘。姑娘虽说衣着不整,但长得非常美丽。大臣们十分惊奇,忙让姑娘下来,问她的情况。公主胡编了一套自己的身世,因为她离家已经好长时间,又一直生活在山洞里,样子有些变化,再加上披头散发,衣衫破旧,大臣们谁也没认出她来。见她言谈举止十分得体,人又年轻漂亮,简直像是仙女下凡,于是纷纷向她示好,除公主心爱的年轻大臣外,都暗示有意领她回家。公主看透了大臣们的心思,因为有前晚她和妹妹的梦的启示,便对大臣们说:"你们的好意让我十分感动,但我不能嫁给你们所有的人。我有一个妹妹,她喝了神奇的山泉,变成了一头鹿。现在请你们在这儿等一会儿,我去把我的妹妹叫来。你们谁能让我妹妹恢复成原来的样子,我一定嫁给他!"

大臣们无话可说,只好乖乖地在大树下等着。这时汗王听说了这事,也带着卫士来到大树下看稀奇。不一会儿,公主牵着一头可爱的小白鹿来了。汗王和大臣们围着公主和小白鹿赞叹不已,可是谁也没法让小白鹿恢复人形。人们渐渐失望了。这时,小白鹿忽然向坐在人群外面那个公主心爱的最年轻的大臣走去,不停地用头顶那个年轻的大臣,显得十分亲热,像是在向他祈求什么。顶了一会儿,那个大臣站起来抓了一把土,嘴里念叨着什么,然后说:"恢复你原来姑娘的模样吧!"说着,把土洒在小白鹿的身上,小白鹿马上变成了一个活泼可爱的小姑娘。

人们见到这神奇的变化，无不连声称奇。汗王在人们的惊叹声中，认出那小白鹿变成的小姑娘，正是自己前几天丢失的最小的女儿，更是惊喜。同时想到那个衣衫破旧，披头散发的仙女一样的姑娘，就是自己日夜想念的公主，马上过去拥抱着自己两个心爱的女儿。同时当众宣布，赞同公主许下的诺言，同意把公主嫁给那个最年轻的大臣，并宣布立即为公主和她心爱的大臣举行四十天隆重的婚礼，和三十天热闹的喜宴。

就这样，两个相爱的年轻人，最终实现了他们的愿望。

懂兽语的人

  很早以前,有个能听懂动物说话的人,到一个巴依家做客。傍晚,气候变化,刮起了大风,下起了大雪。由于刮风下雪,原野上的饿狼在嚎,院子里的牧羊犬也在叫。懂兽语的客人,听到饿狼和牧羊犬的吼叫声。饿狼说:"哎,狗,今天变天,又刮风,又下雪,天气很冷,我的肚子也饿了,你让我到巴依的羊群里吃一只羊羔吧!"

  牧羊犬说:"哼,你想得到美!不要说给你羊羔吃,连羊皮你也休想吃到。你就别做美梦啦!"

  狼又说了,明显带着威胁的语气:"你干吗对你的主人那么忠诚?你得到什么啦?快不要胡言乱语了,正经的给我送一只羊羔吧!你要不给,我就要用我的本事抢了!"

  牧羊犬也不客气了,狠狠地说:"我对主人忠诚,因为主人不单养活我,更十分信任我。因为信任,才把羊群交给我看管。你还是快滚开吧！你要是敢来抢羊群，小心你的皮被剥掉！"

狼一听"小心皮被剥掉"就软了下来，说："哎，狗大哥！你不愿意给我你看管的羊羔，那就把巴依家客人的马给我吃吧！你可没有看管客人的马的任务。"

牧羊犬软的也不吃，说："客人的马能不能给你，那要看客人的态度。晚上吃饭的时候，我倒是可以帮你问一问客人，你就等着吧。"

狼和牧羊犬的对话，客人在毡房里听得清清楚楚。天黑以后，巴依家的肉已经煮熟了，主人给客人端上来一大盘肉。客人从盘子里撕下一大块肉来，自己不吃，却扔给了蹲在毡房门口的牧羊犬。巴依见到客人这样的行为，有些生气，说："你这是干什么，是不是瞧不起我?! 狗是我的，少不了它吃的肉！"

客人倒是没有生气，而是很平静地说："请你不要生气，我没有别的意思！牧羊犬整天守护羊群，今天天气这么冷，早点给它吃些肉也是应该的，它可是我们的好帮手啊！"

巴依听了这样的解释，再没有说什么。后半夜，风雪越来越大。客人不放心自己的坐骑，起身到毡房外面察看，见自己的马平安无事，可是巴依家的羊群却被暴风雪卷走了。客人这时想到饿狼可能会趁机偷袭羊群，忙喊巴依："哎，巴依，快起来！你的羊群不见了！"

巴依一听自己的羊群不见了，翻身起来，也顾不得风狂雪大，冒着风雪找羊去了。他四面八方找了半天，也没找到羊群。天快亮时，他回来见客人正睡在毡房里，心里老大的不高兴，冲着客人没好气地说："好哇，我的羊群没了，你还在睡大觉！古人说：'好心的客人光临，母羊

会下双羔;恶意的客人来了,饿狼会偷袭羊群。'我的羊群能找回来就没事,要是找不回来,我只好对不起你了!"

客人听到巴依的话,并不生气,只对他说:"你的羊群被风雪带走了,一只饿狼跟在后面想找机会偷袭。不过你的牧羊犬把你的羊群护得很紧,天亮后我们去找都来得及。现在那只饿狼和你的牧羊犬都在等机会。我们去到羊群那儿时,狼听见我们的声音,会回过头来探望。这时,你的牧羊犬会蹿上去咬住狼的脖子的。"

巴依听了客人的话,平静下来,决定先休息一下,等天亮以后再去找。天亮以后,巴依和客人一起找羊群去了。他们找了一大圈,发现羊群时,见巴依的牧羊犬正和一只大饿狼在羊群边上对峙着。这时,饿狼好像听到有人来的声音,想回头察看。它刚一扭头,牧羊犬猛地蹿上去,一下子咬住了饿狼的脖子。巴依和客人见牧羊犬咬住了狼的脖子,紧跑两步过来,当即把那只饿狼打死了。打死了饿狼,他们高高兴兴地赶着羊群准备回家。路上一只黄色的羊羔像是病了似的,走起来十分吃力,渐渐落在了羊群的最后。羊羔的妈妈回过头来催它,说:"快走到羊群中间来,不然会挨牧羊人的鞭子的!离了群,还可能遭到狼群的袭击,白白变成它们的食物!"

黄色羊羔说:"啊,妈妈!你快不要那样说,不是我想落在后面,这个巴依的福气现在全部落在我的身上,那些福气压得我实在走不动啊!"

它们的对话,被巴依的客人听到了。客人从黄色羊羔的话中,知道了巴依一家的福气,都在那只走在羊群最后的黄色羊羔身上。知道了这个秘密,客人没有把秘密告诉巴依。羊群赶回阿吾勒后,客人准备回去了，巴依因为自己的羊群在暴风雪和饿狼的威胁下都平安无事，非常高兴，对准备离去的客人说："啊，你真是个好心的客人！因为你的光临，我的羊群虽说没有下双羔，但在风雪、饿狼双重威胁下平安无事，这不能不说是你这个好心的客人带给我的福气！你现在要离开我了，你想要点什么我的东西，你就只管说吧。不给你一些礼物，我的心会不安的！"

客人听巴依提到"福气"，想起黄色羊羔说的话，犹豫了一下，说："我不需要什么东西。如果你一定要给我礼物，那就把那只走不动的黄色羊羔给我吧！"说着，一抬手中的鞭子，随手一指羊群边上那只黄色羊羔。

巴依说："一只羊羔算什么，你拿去吧！"

客人还没走向羊群，巴依的牧羊犬听说巴依要把黄色羊羔送给客人，为了留下羊羔身上的福气，它跑过去舔了舔羊羔的嘴，然后跑到毡房前，在毡房的毡子上撒了泡尿。客人从牧羊犬的行动中，知道福气已经转到毡子上了，就对巴依说："哎，巴依，谢谢你的好意！你给我羊羔，我还带不走。你就给我一块毡房的旧毡子吧，我马鞍子上那块毡子已经坏了。"

巴依说："哎，你要那旧毡子干什么，我们家有的是新毡子?! 虽说新毡子捆起来了，打开有些困难，但这也算不得什么嘛！拿一块新……"

不等巴依说完，客人忙打断他，说："哎，我怎么好那样麻烦你们，这块毡房的旧毡子给我就很好了！"

巴依说："既然你喜欢这块旧毡子，就拿去吧！"

牧羊犬听巴依这样说,担心客人会拿走福气,忙跑过去舔了舔毡房的旧毡子,然后又跑到毡房的撑杆上撒了泡尿。客人正要去拿那块旧毡子,见牧羊犬已先舔了毡子,随即又把尿撒在了毡房的撑杆上,知道那福气已转到撑杆上了。他不好意思再提出要毡房的撑杆了。他知道,撑杆一抽,毡房就会倒下来。这时,他感觉到这个家当前正福星高照,他们家的福气是别人怎么也拿不走的。于是他笑着对巴依说:"哎,巴依,谢谢你!我什么东西都不要。你热情地接待了我,就已经够朋友了,我怎么好意思再要你的东西呢!我前面说要这样要那样,只不过是同你开玩笑,请你不要在意!好了,再见吧,祝你全家幸福!"

巴依不知道客人听到、见到和感觉到的东西,还是按民族的礼节,给尊敬的客人一件崭新的恰袢,送客人上了路。

美丽的公主和七个身怀绝技的青年

有个财富超过世上所有汗国的汗王。汗王没有儿子，只有一个姑娘。姑娘长得非常美丽，说她是太阳，她有眼睛；说她是月亮，她有嘴，谁见了她都会魂飞魄散昏迷过去。她的名字叫哈尼夏依木。

一天，哈尼夏依木带着她的四十个宫女到湖里游泳。她们正游得高兴。忽然，一只黑鹰飞来把哈尼夏依木抓走了。四十个宫女眼看着公主被黑鹰抓走，吓得回到宫里几天都不敢报告汗王。几天以后，一个年纪大一些的宫女，想到这事终究瞒不过汗王，于是鼓足勇气把事情如实地向汗王报告了。汗王听到后，当即昏过去从宝座上滚了下来。第二天汗王醒来后，立即派人找来不少占卜师，让他们找出公主所在的地方。这些人折腾了大半天，也说不出公主的去处。最后，还是一个叫纳扎尔的大臣对汗王说："尊敬的陛下！听说在大海那边有个叫沙里木的渔夫，渔夫有七个儿子，这七个小伙子，人人有一套特殊的本领，他们

可能知道公主的下落,还可能把公主找回来。如果陛下能给我五百名卫士和一艘铁甲海船,我愿为陛下渡海去找那个沙里木渔夫和他的儿子,请他们设法找回公主!"

汗王听说后,立即答应了纳扎尔大臣的要求,让他上路。第二天,纳扎尔带上五百名卫士出发了。他们在海上走了整整一个月时间,终于来到沙里木所在的地方,找到了沙里木渔夫。当时,老渔夫七个儿子都不在。老渔夫见纳扎尔带着这么多士兵来找他,不知道出了什么事,十分害怕。纳扎尔大臣忙向老人讲了自己的来历,同时取出汗王写的亲笔信来给老人。老渔夫见到汗王的亲笔信,放心了,叫来他七个儿子,对他们说:"孩子们!汗王心爱的公主,一个月前被大黑鹰抓走了。汗王听说你们很有本事,特别派纳扎尔大人来请你们去找公主。你们就去帮他们一下吧!汗王说了,只要你们找到了公主,他会给你们很多赏钱;如果你们能救回公主,还会把公主许配给救回公主的大功臣。孩子们,施展你们各自本领的时候到了,你们现在就跟纳扎尔大人去吧!"

七个小伙子跟着纳扎尔大臣上了路,他们一路上也走了整整一个月。纳扎尔大臣提前两天派人给汗王报喜,说是找到了沙里木老渔夫,带来了老渔夫七个身怀绝技的小伙子。汗王得到大臣的报告,非常高兴,大摆宴席欢迎七个小伙子,并给他们每人一份见面礼物,希望他们尽快找回公主。

第二天,七个小伙子告别汗王,顺着黑鹰飞走的方向出发去找公主。他们一路走了不知道多少天,这天终于找到了抓走公主的黑鹰。黑鹰一见小伙子们像是知道他们是来救公主似的,抓上公主一展翅就飞上了天。七个小伙子见黑鹰抓着公主飞上了天,他们中的老大会飞,当即带上六个兄弟纵身追了上去。他们在天上飞了七天七夜,第八天早上,老大因为带着六个兄弟,飞不过黑鹰,离黑鹰越来越远了。黑鹰这时也很累了,见七个小伙子远远掉在后面,看不见了,便落在一个大海子边休息。公主被抓上天飞了几天,很想洗洗头,她刚在海子边俯下身去,老大带着七个小伙子追上来了。黑鹰一见,忙抓起公主蹿上天空。七个小伙子见黑鹰上蹿的速度比以前更快了,这时,作为神箭手的老二心想:这家伙一休息,缓过了劲,这样下去怎么能追上它,救下公主?想到这儿,他当即张弓搭箭,"嗖——"的一箭向黑鹰射去。这一箭射断了黑鹰的两只翅膀,黑鹰和公主同时掉进了大海子。公主掉进海子里,虽说她会游泳,但几天没吃没喝,被抓着在高空飞行,已是筋疲力尽,这时也只能在水中听天由命。七个小伙子中的老三,可是个游泳高手,他一见公主落水,立即跃入水中,接着一个猛子扎到公主身边,把公主从水中抱上岸来,算是救了公主一命。

七个小伙子救出公主,兴高采烈地往回赶,谁知他们在路上,却又遇到了一条巨蟒。巨蟒挡住他们的去路,昂首吐信,要吞噬他们。这时老四使出他的绝技,不慌不忙地从怀里取出两块小石头来,口中念念有词,接着将两块小石头猛地一碰,眨眼间他们四周垒起一圈又高又厚的石头围墙,把巨蟒隔在了围墙外面。巨蟒不甘心就此罢休,又用它巨大的身躯靠着围墙,用力向里挤,想把围墙挤垮。围墙经不住巨蟒强力的挤推,就要垮塌了。这时老五也使出他特有的穿山术,很快打出一

条通向山那面的通道。他们兄弟七个带上公主,摆脱了巨蟒的威胁。只是他们走出地下通道,却辨不清方向了。放眼望去,四周都是高山密林。往哪儿走呢?该老六显示他的本事了。他的本领是,无论在茫茫的沙漠里,还是在密密的丛林中,他都能找到走出沙漠或密林的最近的路。老六很快就找出了只用十天就能回到汗王身边的捷径。可是这时,他们兄弟七个连同公主都已经是筋疲力尽,又渴又饿,别说十天了,就是一天看来也难坚持下去。他们已经到了死亡的边境!好在这七兄弟中的老七怀揣至宝,他的宝贝不到要命的时刻他是不会拿出来的。现在他们面临死亡,该到他拿出宝贝的时候了。只见他把手伸进怀里掏出一个小小的方盒,然后对着方盒喊了一声:"给我们上各种好吃的饭吧!"喊声刚完,八个年轻人面前就摆满了他们最喜爱的饮食。八个年轻人吃饱喝足之后,马上精神起来,立即按老六指出的捷径上了路。十天以后,他们平安地回到了汗王身边。

汗王又见到了比自己生命更加宝贵的女儿,高兴得热泪盈眶,当即下令大摆四十天酒宴,庆祝他们父女重逢,同时为拯救公主的七位青年英雄庆功。庆功宴上汗王对七位恩人说:"我曾对你们的父亲许下诺言,谁救回了我的宝贝女儿,我就把女儿许配给谁。你们七位都为救我的女儿尽了力,可我只能把我的女儿许给你们中功劳最大的一位。现在,我想请你们讲一讲,在救我女儿的过程中,你们谁的功劳最大。在你们讲完之后,我会让今天参加喜宴的我手下见多识广、世事通达、受人尊敬的智慧的长者们评论,看我的女儿应该嫁给谁。"

汗王说完,参加喜宴的人全都欢呼起来,一致拥护汗王的决定,他们都想听听这些青年英雄的事迹。大家的欢呼声停下来后,老大立即说:"要说救公主,我的功劳应是最大! 首先,没有我根本就不会找到公主;找到公主后,为了追赶黑鹰救出被黑鹰抓走的公主,我一直飞了七天七夜,差点没有累死。所以我的功劳最大,公主应该嫁给我。"

老大刚说完,老二说话了:"虽说是你找到的公主,但你没能救下公主。是我一箭射中了黑鹰的两只翅膀,黑鹰才放开公主的。要没有我那一箭,公主今天不可能坐在这儿。所以我的功劳最大,公主应该嫁给我。"

老三一听,坐不住了,说:"你是一箭射中了黑鹰的双翅,可公主也掉进大海里了。全靠我从大海里把公主救上岸,否则公主早就没命了! 所以我的功劳最大,公主应该嫁给我。"

这时老四却说:"不是我垒起高高的围墙挡住巨蟒,我们都被巨蟒吞噬了,我的功劳还不是最大吗? 公主还不应该嫁给我吗?"

老四的话,老五可不服,说:"要那样说,不是我很快打通地道引大家走出围墙,不等巨蟒吞噬,我们就被巨蟒挤倒的石墙砸死了! 所以我的功劳才是最大,公主应该嫁给我。"

老五的话,老六也不服,说:"从地道出来,四周全是高山密林,不是我给大家指出回来的路,现在我们还在深山老林里转悠呢。这样说来,我的功劳才是最大,公主应该嫁给我。"

最后,老七说了:"没有我给大家这最后十天的饮食,你们和公主不都饿死在路上了吗?! 我最后从死亡线上救了公主和你们,难道不是我的功劳最大? 不应该把公主嫁给我?"

七个小伙子讲了在拯救公主的过程中各自的作为,都认为自己的功劳最大,最应该娶公主。事实上在救公主的整个过程中,他们七个都是有功的,也难分出功劳的大小。最后,汗王请他手下智慧的长者们评论。老人们议论后说:"尊敬的汗王陛下!首先祝贺公主平安归来!在解救公主的过程中,七位年轻人都作出了自己的贡献,他们都是身怀绝技的勇士,他们的技艺都十分高强,而且各有所长,难分高下。那公主应该嫁给谁呢?我们认为还是应该嫁给那位从大海中把公主救上岸来的勇士,因为那位勇士已经抱过公主了。至于其他六位勇士,请陛下替他们娶六个其他汗国的公主为妻。此外,我们还恳请陛下让这七位身怀绝技的年轻勇士做您的大臣,共同保卫我们的汗国!"

汗王听从了长者们的推荐,把公主嫁给了老三,让七个身怀绝技的年轻人当了自己的大臣,同时汗王还派人去将七个年轻人的父亲——沙里木老渔夫接来,共同商议替老三的兄弟们,与其他汗国的六个公主定了亲。一切办好以后,汗王又下令为七对新人举行四十天婚礼,四十天喜宴。从此,身怀绝技的七兄弟,因为他们的妻子分别在七个汗国,这七个汗国长期和睦相处。

孤儿和狐狸

很早以前,有个孤儿,他住在一间勉强可以挡雨的草棚子里,靠做梳子的手艺维持生活。他每天都把做好的梳子拿到巴扎上去卖,卖得的钱再买馕。这天,他一早起来准备拿上梳子上巴扎,可是头天做的梳子不见了。他到处找,找不到,没法只好忍着饥饿重新做。晚上,梳子做好后,他小心地把梳子放好,只等第二天卖了钱买馕充饥。第二天一大早,他起来拿梳子,梳子又不见了。饥饿的孤儿再一次忍着一天的饥饿,又做了一把梳子。这次,他放好梳子,一夜不睡守在梳子旁,他决心要抓住这个让他挨了两天饿的偷梳子的贼。半夜,一只狐狸钻进他的破草棚,正要拿他的梳子时,孤儿一步蹿出去,抓住了狐狸,说:"好你个狡猾的狐狸!让我饿了整整两天,今天总算把你抓住了,看我马上就剥你的皮!"

狐狸被抓住后,吓坏了,忙跪下来向孤儿求饶:"好心的兄弟,饶我

一条命吧！你不要杀我，我会给你用不完的财富，让你永远摆脱贫穷的日子，给你带来最大的幸福，让你成为世上最幸福的人！"

孤儿听了狐狸的话，心想：这狐狸也真是怪可怜的，一把梳子算不了什么，挨饿的两天也已经过去了，饶它一条命，放它回去算了。想到这儿，他一松手放了狐狸。狐狸重新获得了生命，非常庆幸，对孤儿说："好心的兄弟，你等着吧，过几天我一定回来！"说完，就跑出了孤儿的破草棚。

狐狸跑出孤儿的草棚后，想：我怎么报答这个好心的孤儿不杀之恩呢？他独自一人住在那个破草棚里，我先帮他娶个媳妇儿，盖栋房吧。想好以后，狐狸跑到一个贪婪、吝啬的大巴依家，对巴依说："唉，尊敬的巴依！我告诉您一件我刚见到的事，您听了千万别见怪，更不能激动。事情是这样：我一直以为您是这个草原上最大的巴依，哪知最近我去了河对岸那个草原，才知道您这点儿财产算得了什么，河那边草原上那个女巴依，那才叫巴依！人家的驼马牛羊连成片，金银财宝数不清，连孩子们玩的玩具都是金子做的。听说那个女巴依的独生子想娶您的女儿，我知道后忙去告诉他说我认识您，愿替他来向您提亲。他听了很高兴，当即托我带上马群来替公子说亲。这可是胡大送给您的福分，您可不要放过了这天上掉下来的福分啊！"

这个贪婪狡诈的巴依，一听这话就动心了，不过他还是说："你这个狡猾的狐狸，你说的是真的吗？你带的马群在哪儿啦？想来骗我呀，哼！"

狐狸知道巴依的心思，听了巴依的话，不慌不忙地对巴依说："看您说的,我什么时候骗过您?再说,我就是骗,骗得了别人,能骗得了您吗?我带的一大群马,都在大河对岸,我赶不过来呀!您要是不信我的话,我把马群原赶回去……"

贪婪的巴依就是贪婪的巴依,听狐狸这样说,不等它说完,忙打断它的话,说:"那样的话,你赶快回去对那个女巴依说:我同意这门亲事,让他的儿子带上彩礼来成亲吧!"

狐狸这时又说:"哎,尊敬的巴依大人,这就对了!不过,我来的时候,就见大河在涨水,所以我赶的马群过不了河。我回去让公子带彩礼来成亲,那畜群就更多了,但也更没法过河了。您还是派人过河去接我们吧,不然我们送来的畜群、彩礼,会被汹涌的河水冲走的。"

巴依答应了狐狸。狐狸离开巴依后,它想:这个愚蠢的巴依是答应了,可孤儿的情况我知道,他哪儿去找牲畜来当彩礼呀?现在该怎么办?狐狸想来想去,想出了一个办法。它去见孤儿,说:"我已经给你说了个巴依的女儿为妻,你跟我走吧,什么也不要问!"

孤儿真的什么也没说,就跟狐狸上了路。他们来到大河边时,狐狸对孤儿说:"我已经同河对岸的巴依说好了,他答应把女儿嫁给你。只是我们没有给他的彩礼和迎亲的畜群。不过,我已经想好了办法,我现在就到巴依那儿去。我走后,你把身上的破衣服脱下来扔到河里,坐在河水里等我回来接你就行了,别的什么也不要说。"说完,狐狸去了巴依的阿吾勒。

到阿吾勒后,狐狸找到巴依,很生气的质问巴依:"巴依大人!不是说好的吗,你为什么不派人过河去接我们?我们那么多牲畜、彩礼过河

时都被猛涨的河水冲跑了。为了抢救那些贵重的彩礼，巴依的公子差点送了命。他全身衣服都被洪水冲走了，现在还在河里泡着，你叫我怎么去向他的老母亲交代!？"

贪婪愚蠢的巴依听说后，吓坏了。顾不上多想，马上派人带上衣服、马匹，跟上狐狸去迎接未过门的女婿。孤儿被接来后，愚蠢的巴依马上让自己的女儿和孤儿结婚，并为他们举行了盛大的婚礼。婚礼一结束，吝啬的巴依虽说吝啬但还是拿出不少财物作为女儿的陪嫁，送小两口儿回家。回家的路上，狐狸又想了：现在把他们带到哪儿去？孤儿哪有金银财宝数不尽、驼马牛羊满山坡的家呀！它想来想去，又想出了个办法。它对巴依派来送亲的人说："你们慢慢走着，我先去公子家报信，让他们好提前做好迎亲的准备。"说完，狐狸先走了。

狐狸到一个独身的真的女巴依家，故意气喘吁吁的对那个女巴依说："哎，大婶，不好了，有一伙专门打劫的匪徒，正好在我休息的林子里商量要来杀您、抢您的财产！我听到他们的商量，急忙悄悄跑来告诉您。怎么办？您快拿主意吧！"说完，狐狸调头就准备离开，像是怕匪徒们来看见了它似的。

女巴依一听狐狸的话就吓傻了，又见狐狸那慌张害怕的样子，更是乱了套，急忙叫住狐狸，向它讨主意："哎，狐狸，你等等！你是最聪明善良的小精灵，救人救到底，快给我出个主意，我该怎么办？"

狐狸站下来装模作样地想了想，说："那您快跟我走！"

狐狸带着女巴依来到一个山沟，山沟里一条冰河，冰河的表面有几道裂缝。这时，狐狸对女巴依说："你快钻进这道裂缝里，先在里面躲一躲！"

　　吓坏了的女巴依慌不择路,见一道冰裂缝就往里跳。她刚跳进去,就被冰下的急流冲走了。送走了女巴依,狐狸忙返回女巴依的阿吾勒,对阿吾勒的人们说:"大婶前些天让我替她的侄儿说亲,现在新娘家派人送小两口和陪嫁很快就要到了,可我怎么也找不到大婶,你们快准备准备先把小两口和送亲的娘家人接下来吧！"

　　阿吾勒的人听说是女巴依的亲戚,都忙着做各种迎亲的准备。他们刚准备好,狐狸就带着孤儿小两口、送亲的娘家人和大批陪嫁的牲畜来了。送亲的娘家人见迎亲的各种准备非常充分,很是满意,当即与阿吾勒的头面人物和长者商定为小两口举行盛大的婚礼、喜宴。婚后,娘家人要返回了,可女巴依还没有音信,阿吾勒的头面人物和年长者又替女巴依做主,送给娘家人很多牲畜、钱财,让送亲来的娘家人高高兴兴地回去了。同时,阿吾勒的头面人物和长者见女巴依至今没有回来,就商量决定让孤儿小两口先掌管女巴依的全部家产。从此,孤儿在狐狸的帮助下,不仅成了家,还变成了一个远近闻名的大巴依。

　　一天,孤儿打猎回来,一进毡房,见毡房的上方躺着那只狐狸,他早忘了狐狸带给他的幸福了,心里老大的不高兴:"好一个不自量的东西,你怎么躺在我毡房的上方来了!？"边骂狐狸,边吩咐佣人,"快把它赶出去！"说着,还踢了狐狸的头一脚。

　　狐狸被踢了一脚,到没有生气,只是对孤儿说:"哎,'巴依'！你都说了些什么? 还踢我的头! 你富裕的生活是谁给你的? 是谁让你过上这幸福的生活的? 你不要忘记了！"

孤儿的妻子听到狐狸的话,像梦中醒来似的,哭了起来:"啊!我受了这么大的欺骗!我真太倒霉了!"哭着,掀开门帘就往毡房外跑。

狐狸见孤儿的妻子哭着跑出毡房,忙追上去对她说:"哎,好妹子!你这是干什么?我开了个玩笑,你就当真啦?你快不要相信我说的那些,我真的是和我兄弟开玩笑,谁让他踢我呀!"边说边劝,边把孤儿的妻子往回拉。拉回孤儿的家,狐狸看着孤儿的妻子进毡房后,自己才离开。

再说孤儿听到狐狸的话猛醒过来,又见自己的妻子哭着掀开毡帘跑了,更是慌了手脚,既感到对不起狐狸,又不知该怎么面对自己的妻子。过了好一阵,他才静下来,决定先去向狐狸道歉。他正要出门,见妻子回来了,只好先安顿好妻子再去找狐狸。可是他找了好长时间,再没找到狐狸。过了好久,一天,孤儿在远处一座山上见到那只狐狸的尸体。见到狐狸的尸体,孤儿非常伤心、悔恨,他将狐狸的尸体背回自己的阿吾勒,按亲人的礼仪进行了厚葬。从此,他常思念狐狸对他的帮助,同时,也因此非常关心周围的人们,经常帮助他们,与他们共同过着幸福的生活。

聪明的大臣

很早以前有个汗王,他有个非常聪明的大臣。大臣在许多关键的时刻,能给汗王出主意想办法,协助汗王稳住他的宝座。

有天,汗王带着大臣出去打猎。他们走出王宫很远,在一个深山老林里,遇见了一个非常非常漂亮的姑娘。这个姑娘,说她像太阳,她有嘴;说她像月亮,她又有眼睛。见到这从未见过的漂亮姑娘,汗王一下子就迷上了她。大臣从汗王的神态中察觉了汗王的心思,但他觉得在这样荒无人烟的深山老林里,怎么可能孤单单的出现一个姑娘?当即判断这姑娘有问题,想警告汗王。但一看汗王当时的神情,明白地说姑娘有问题,汗王肯定不会同意,弄不好还会引起汗王的不满,于是只给了汗王一个暗示,说:"尊敬的陛下!这么大的深山老林里,怎么会突然冒出一个柔弱的姑娘来?"

这时汗王已经完全迷上姑娘了,哪里还顾得想大臣的暗示,打猎

的事更是无心了,只是吩咐带上姑娘立即返回。回到王宫,当天就与姑娘成了亲,而且从此三天两头不理政事,甚至不分白天黑夜,只同姑娘游乐嬉戏。对此,贤明的大臣十分忧虑,每天要去汗王那儿观察汗王的情况。

这天,大臣发现汗王的脸色非常不好,问汗王:"尊敬的陛下!是不是身上哪儿不舒服,或是有什么忧虑的事?看陛下今天的脸色,可不怎么好。"

汗王说:"倒没什么忧虑的事。只是最近老觉得精神不怎么好,但又说不出身上哪儿有什么不舒服。你说这算什么病,该怎么医治?"

大臣说:"那到确实说不上是什么病。不过,请陛下晚上睡觉时摸一下王后的下巴,说不定能知道陛下到底有没有病。"

汗王不太理解大臣的话,怎么摸一下王后的下巴,就知道自己有没有病呢?但他知道大臣十分聪明,过去给自己出的许多主意,自己当时都不十分理解,事后证明都是很高明的,没有再问大臣。晚上,他等王后睡着后,悄悄地摸王后的下巴。他一摸,让他大为惊奇:怎么王后没有下巴?!他又仔细地摸了摸,王后就是没有下巴!第二天,汗王把自己这个惊奇的发现,告诉大臣。大臣对汗王说:"陛下不必惊慌!这说明王后并非凡人。请陛下招集全体臣民,号召大家齐心协力,七天之内,为他们尊敬的王后修一座铁的宫殿!以后的事由我来操办。"

汗王按大臣的意见,动员起全体臣民,不到七天修好一座小巧玲珑,光彩绚丽,但却非常结实的铁宫。为华丽的铁宫落成,汗王下令举行了隆重的庆祝活动。活动一结束,大臣就忙着将王后迎进铁宫。王后兴高采烈地住进铁宫以后,大臣急忙将铁宫的大门紧锁起来,随即吩咐侍卫在铁宫四周堆上干柴放火焚烧。熊熊的烈火,很快就把铁宫烧得通红。这时,人们看见通红的铁宫内,漂亮的王后突然变成一条巨蟒,被烧得四处乱蹿,就是出来不了。最后"王后"被烧得瘫在地上,有气无力地说:"哎,还是人聪明啦!眼看还有三天,汗王一死,我就可以把整个汗国的人畜全部吞掉了。没想到聪明的大臣先下了手,而且想出这样的办法来除掉了我!"

听到蛇妖最后的叹息,人们庆幸摆脱了一场莫大的灾难,纷纷去问大臣,怎么知道漂亮的王后是蛇精,并且很智慧地除掉妖精的?大臣说:"我和汗王第一次在荒无人迹的深山老林见到她时,就怀疑她不是人类。我向汗王暗示,汗王没有理解。后来,我见汗王脸上的气色不对,就想到她可能是蛇妖。为了证实我的看法,也为了让汗王认出她的本来面貌,我请汗王在她睡觉时摸她的下巴。她是蛇妖变的睡觉时会恢复原形,恢复原形的蛇是没有下巴的。汗王发现了她的本来面目,我就必须装着什么都不知道,才能将她锁在铁宫里烧死她。否则,汗王会被害死,整个汗国的人畜都会被她吞掉的。"

人们听了大臣的讲述,更加敬佩大臣的智慧和见识了,当场推举他为他们新的汗王。

玛曾与懒汉

　　有个玛曾同一个懒汉做邻居,玛曾家很富裕,而懒汉家却穷得连锅都揭不开。这天,懒汉家什么吃的都没有了。懒汉的妻子打算到邻居家借点吃的来暂时填填肚子,就向玛曾家走去。她刚到玛曾家门口,就遇上了玛曾的老婆。她忙向玛曾的老婆问好,准备进屋。开门时,她见玛曾的家里的确富丽堂皇,地上满铺着高档的地毯,各种家具更是显得格外豪华。还没进门,玛曾的老婆就对懒汉的妻子说:"我们家很干净,你的脚那么脏,小心弄脏了我们家的地毯!"

　　听到这句刺耳的话,懒汉的妻子站在门口,脚迈不进屋,心里更是冷冰冰的,啥话也没说,转身就回了家。她一进家门就哭着数落丈夫:"你也算个男人!你去看看隔壁玛曾的家,所有的东西一应俱全,要什么有什么;而我们家呢,连一块儿吃的馕都没有。这样的苦日子,我再也过不下去了!"

丈夫觉得妻子说得也是,他想:玛曾家的生活是一天比一天好,而我们家呢,因为我懒,才落到这样的地步!我也是个大男人,为什么就不能干一番事业呢!想到这儿,他对妻子说:"老婆,你不要生气!你说得对,我也是个大男人,应该干事情才对!从今天起,我开始干活挣钱,改变我们家的面貌!"

话是说出去了,今天就开始干活、挣钱!可是干什么呢?他想来想去不知道该干什么好。懒汉家的全部家产就是一头毛驴,他决定带着毛驴上山打柴,打好柴驮到城里去卖。上山打柴,要准备点干粮,可他们家除了一个鸡蛋,什么吃的都没有。最后,懒汉决定带上这唯一的一个鸡蛋,赶着毛驴上山。路上,懒汉见到一只受了伤的青蛙,懒汉觉得这只青蛙怪可怜的,就把它捡起来揣在怀里。上山后,懒汉到是打了不少的柴,他捆好驮子,准备往毛驴背上驮时,发觉自己已经累得一点力气都没有了,怎么也无法把柴驮子抱到毛驴背上去。在这样的深山里,不可能有人来帮他,懒汉只好先坐下来休息,等身子缓过来后,再驮上柴火回家。他刚休息了不大一会儿,突然听见一声很大的让人感到恐怖的叫声。那叫声,像是狼嚎又像是虎啸,又觉得什么都不像。听到这刺耳的叫声,懒汉感到可怕极了,趴在地上一动也不敢动。不一会儿,一只巨鹰飞过来落在离他不远的地方,两只大眼死死地盯着他出了一口长气。懒汉见巨鹰没有伤害他的意思,也长长地舒了一口气。巨鹰见懒汉也出了口长气,问他:"哎,人!你为什么出一口长气?"

懒汉一听,反问巨鹰:"你先说说,你为什么出一口长气?"

巨鹰说:"我们汗王的独生儿子病了,说是人头能治好他的病。汗

王派我出来找人头，我出来没怎么费力气就找到了你。我感到非常高兴，所以我出一口长气。"

懒汉听说后大吃一惊，原来巨鹰不是无心伤害他，而是要他的脑袋！怎么办？逃，是逃不掉的，人能逃过鹰爪吗？硬拼，也是不行的，人更是无力胜过巨鹰！怎么办？看来只能靠自己的机智和勇气了！想到这儿，他马上说："怎么这么巧，我们的王子也病了，说是巨鹰的脑浆能治好王子的病。我是人间最英雄的勇士，我们汗王让我为他找一只巨鹰。我正准备睡一觉起来去找，你却自己送到我手上来了，我很高兴，所以我长舒了一口气。"

巨鹰听后也是一惊，但它随即镇定下来，一声冷笑，说："哼！你小小的一个人，怎么能和我巨鹰相比？！我一根指头就能把你打死，你又怎么能得到我的脑子？！"

懒汉一听，特意笑了笑，说："哈！哈！你原来真的那么蠢！看起来你好像高大得可怕，其实你没什么了不起。如果你真有什么了不起的本事，就把你的本事显出来让我见识见识吧！"

巨鹰一听，气愤地说："我脚一蹬，都会地动山摇！"说着，抬起脚来狠狠地向地上一蹬，大地当时就像地震了一样，不停地晃动。随后，巨鹰又对懒汉说："怎么样？你也该显显你的本领嘛。"

懒汉轻蔑地一笑，说："你这点本事有什么好吹的。告诉你，我一拳，能把大地的脑浆砸出来！"说着，悄悄从怀里把他从家里带出来的那个鸡蛋埋在地里，然后一拳砸在埋鸡蛋的地方，鸡蛋被砸碎了，蛋青、蛋黄洒了一地。巨鹰见了吓得站都站不住了，差点摔倒，退了好几步才稳定下来,硬撑着说:"你看一看我身上的跳蚤,见了会吓你一跳的。"说着它在身上摸了起来。

半天,懒汉见巨鹰从身上摸出麻雀大一个跳蚤来,立即大着胆子对巨鹰说:"哼!这有什么了不起!让你看看我身上的虱子,看了只怕会吓死你!"说着,从怀里掏出在路上捡到的那只大青蛙来放在地上。

青蛙在懒汉的怀里养了一天,养好了伤;憋了一天,也憋得实在难受,很想出来活动活动。现在被放了出来,一出来就向巨鹰蹦了过去。巨鹰哪见过这样大的虱子,而且还会蹦,吓得一连退了好几步,怕懒汉就要取它的脑浆,忙向懒汉求饶:"哎,人间了不起的勇士!我领教了你英雄的壮举了,请你饶我一命吧,我给你一辈子也用不完的财富!"懒汉听到巨鹰的乞求和许诺,在站起来的同时故意说:"你说的财富在哪里,想骗我吗?我不会放过你的,现在我就来收拾你!"说着举起了拳头。

巨鹰吓得连忙用爪子掀开了盖岩洞的大岩石,说:"你看!这岩洞里不是金银财宝吗?你就拿吧,只求你不要杀我!"说完,一展翅飞走了。

懒汉等巨鹰飞走后到岩洞里一看,哇!洞里真的全是金银珠宝。懒汉用毛驴驮了两驮子金银,到城里换回许多居家生活需要的东西。他到家时,他的妻子已饿倒在家,连给他开门的力气都没有了。

从那天起,懒汉和他的妻子日子好起来,房子翻修了,家具也备齐了,屋里收拾得比他隔壁玛曾的家还要整洁漂亮。有一天,玛曾的老婆见懒汉家突然富裕起来,就到他家串门,想进屋去好好看看。这时,懒汉的妻子在门口拦住她,对她说:"哎呀,你的脚太脏了,先擦干净了再进吧!"

玛曾的老婆听到后，心想：过去我对她说的话，她今天还给我了！她没有进屋，回去埋怨她的丈夫，说："你整天坐在家里念经念经，你得到了些什么!？从没到寺院念过经的邻居，如今可是富起来了！"

玛曾听到老婆的埋怨，不仅不信，反倒说他老婆："你都胡说什么，谁家富起来了？你是说隔壁的懒汉，那怎么可能?！"

他老婆说："怎么可能？你到他家去看一看嘛！"

玛曾见老婆说得十分认真，犹豫了，说："他怎么会富起来？我是该去看看。"

第二天，玛曾来到懒汉家，问他是怎么富起来的。懒汉说："别看我没去寺院念经，我可是上山打柴了！我一上山，胡大就会给我用不完的财富。"

玛曾当然不相信他说的话，一再与懒汉套近乎，请求懒汉，说："哎，好朋友！俗话说'远亲不如近邻'，我们是多年的老邻居了，过去我老婆不懂事，惹你们生气了，千万请你们原谅！今后，我保证我们两家一定和睦相处，希望你能带着我，让我也能跟着你发点财。从今往后，我再也不到寺院去念什么经了，你就带我到那有金子的地方去吧！"

懒汉经不住玛曾又认错，又许诺，同时再三恳求，对他讲述了自己经历的事，答应带他上山。他们来到山上，藏金银的岩洞又被岩石盖住了，岩洞旁边多了几口大锅，满满地煮着几大锅肉，可是周围不见一个人影。他俩见到这几大锅热腾腾的肉，虽然四周不见一人，也不敢去动那盖着岩洞的岩石。为了搞清这几大锅肉究竟是怎么回事，他俩爬到附近两棵大树顶上躲着。他俩刚躲好，远处飞来一只只巨鹰。今天巨鹰们集合在这儿，是要惩罚暴露藏金洞秘密的巨鹰。巨鹰们在煮肉的大锅四周落下后，一只最大的巨鹰，看样子是巨鹰们的头儿，对着曾经与懒汉交过手的那只鹰说："它没有找来人头，反倒被小小的人打败了，而且暴露了藏金洞的秘密，让人把我们的金银财宝拿走了，它是有罪的，大家说该怎么惩罚它！"

与懒汉交手的那只巨鹰说："不是我没去找人头，碰巧我遇到人类最英勇的勇士了！那个勇士实在太厉害，轻轻一拳，就把大地的脑浆砸出来了。"

巨鹰的头儿说："你为什么不拔树打他？"

另一只巨鹰也说："是应该拔大树打！"说着，它用爪子拔身边一棵最大的大树。这棵树上正好躲着玛曾。玛曾见巨鹰拔他躲藏的大树，吓得从树上摔了下去。他摔下去，不前不后，正好落在巨鹰的头儿和挨训的巨鹰中间。这时，躲在另一棵大树上的懒汉，看见玛曾摔下树去，也不知哪儿冒出来的机智，突然一声大喊："哎，人类的勇士！先掐死您右面那只鹰的头儿，别让它跑了！"

巨鹰们一听说人类的勇士，都吓呆了，等听到"先掐死鹰的头儿，别让它跑了"才想到跑，一个个忙展翅飞逃了。这时，懒汉从树上下来，见玛曾已吓得半死不活的，躺在地上。见到玛曾这个样子，懒汉只得费尽力气把他背回家。回到家又过了半天，玛曾才苏醒过来。只是，他苏醒过来后，再不见提起巨鹰和藏金洞的事，也再没来问过懒汉是怎么发财的。

孩子治好了龙的病

从前,有个独生的孩子,听说阿吾勒的人要外出去做买卖,他很想跟上到外地周游长长见识。他的父母认为他还太年轻,不同意他去。孩子说:"猎鹰都是从小鹰练出来的。年轻的时候不敢出去历练,到老也成不了有见识的人。我小小的就远游四方,不定长大了还会鸟兽的语言哩!"

他父母拗不过他,同意了。孩子跟着阿吾勒的人们一起上了路。他们在路上走了很久,这天,来到一处荒无人烟的戈壁。戈壁一望无际,看样子天黑前是走不出戈壁了,他们于是决定在戈壁上过夜。半夜,戈壁上刮起了能吹跑锅那么大石头的狂风,同时还发生了一件奇怪的事:一个怪物把差点被狂风刮跑的阿吾勒的人们团团围住,使阿吾勒的人免除了这场灾难。人们都在为这事感到庆幸,谁知天一亮,人们发现保护他们的,原来是一条又长又大的龙。巨龙头尾相连,围成一圈,刚好把他们围在里面。这龙身子做的围城，到是挡住了昨晚的狂风，可是他们怎么才能走出这可怕的围城呢？这时，一个长者说："不管怎样，我们绝不能在这里等死，一定要想办法出去！我看这巨龙首尾连接的地方有空隙，我们可以从那个空隙冲出去。虽说那个空隙一边就是龙头，十分危险，但只要我们动作快，还是能够冲出去的。"

大家都认为不能就这样等死，同意从那个空隙冲出去。他们开始冲了，那条巨龙好像行动不怎么方便，虽然想阻挡他们，可是他们还是冲出去了。只有那个独生的孩子，因为人小动作不及大人快，被龙抓住了没能冲出去。不过巨龙看样子并不想伤害孩子，相反，到像是想同孩子交朋友。它舔石头，让孩子跟着它舔石头；它舔土，也让孩子跟着它舔土。总之，事事让孩子跟着它学；它教孩子也像教自己的儿子一样。就这样，没多久，巨龙和孩子竟像一家人一样；孩子也因为跟巨龙一起生活，学会了多种鸟兽的语言。

他们在一处林子里休息，孩子听见一只小燕问它的妈妈："妈妈，那条龙身边的是个什么怪物？"

大燕子说："啊，那是人！"

"人怎么和龙在一起？"

大燕子说："哎，你还小，世界上的许多事很奇怪，你现在很难明白。这条龙是龙王，因为它的腰摔断了，听说人能够治好它的腰，所以它抓住这个人，不让人走。可是它哪里知道，这个人还是一个孩子，一个孩子哪能治好它的腰呢！"

小燕子听了妈妈的话，又问："那怎么才能治好龙王的腰呢？"

大燕子说："把人奶装在黑羊羔的腰子里捂熟，然后用这样的奶子搓龙王的腰，能把它的腰治好。"

燕子这些话被孩子听到了，他觉得巨龙这么些日子不仅没有伤害他，待他像自己的孩子一样，还使他学会了鸟兽的语言，现在知道了医治巨龙腰伤的方法，可不可信都应该试一下，于是对巨龙说："我知道你的腰摔坏了，你让我回去吧，我回去找药来治你的病！"

巨龙认为孩子是一个忠厚朴实的人，答应了他。孩子离开巨龙后，没有沿来的路回家，而是找最近的阿吾勒，打听谁家的媳妇刚生了孩子。这天，他来到一个很大的阿吾勒，打听到一个刚生了孩子的人家。他去到那家住了下来。一住下，他就主动帮主人干活儿，放羊、打柴，什么活儿都干。这家的老人，见这个外乡的孩子，穿的虽说破旧，但人却机灵勤快，不像一般要饭的流浪儿，就问他的情况。孩子把自己的遭遇如实地告诉了老人，最后说："我也不知道燕子的话可不可靠，但龙王待我很好，我应该尽力找到黑羊羔腰子和人奶，照燕子说的办法试试！"

老人听了孩子的话，感到孩子不仅憨厚真诚，从他的遭遇来看，更是一个有福气的人，当即决定送给他一只黑羊羔，并让自己的儿媳妇挤给他一些奶子。孩子得到老人的帮助，宰了羊羔取出羊腰子来，装了满满一羊腰子人奶，告别好心的老人一家，回到巨龙那里。

巨龙见孩子回来，像迎亲人一样迎接孩子。孩子取出刚捂熟的人奶来，抹在巨龙的腰上用力揉搓。随着孩子的揉搓，巨龙感到一股热气从孩子的手掌直传到自己腰部的每一根骨头。不一会儿，躺了多年，爬了多年的巨龙站起来了;又过了一会儿,它甚至能飞起来了。

　　摔断了腰的巨龙,重新飞了起来,恢复了当年龙王的威风,不知该怎么感谢孩子才好,当即驮着孩子去到它的一个金库,打开金库送给孩子无数金银财宝,又驮着孩子送孩子回到家乡,然后才与孩子依依惜别。孩子的父母看见孩子骑着巨龙平安归来,还带回来无数金银财宝,万分高兴,特意为孩子的归来,举办了盛大的庆祝宴会。会上,孩子把巨龙送给他的金银分给家乡的穷苦牧民。从此,孩子一家与家乡的牧民一起,过着幸福的生活。

智慧的姑娘

　　从前,有个老汉在回家的路上遇到一个年轻人,他们结伴同行。这天,天气特别热,头顶的太阳烤得人火烧火燎的,偏偏他们走的一路上连一棵遮阴的小树也没有。这一老一少虽说都骑着马,还是浑身大汗淋漓,他们都盼着早一点到家,或是有个阴凉的地方能乘乘凉。这时,年轻人对老人说:"大爷!请您把这路程缩短些好吗?"

　　老汉一听,心想:今天我遇上了个糊涂人;我一不是真主,二不是神仙,我怎么能把路程缩短呢?老汉没有理睬年轻人,继续赶自己的路。

　　他们在戈壁上走了一阵,实在是又热又渴,早已口干舌燥,都希望着能有口水喝解解渴。这时,年轻人又对老人说:"大爷!今天太阳这么毒,我们是又热又渴,口干舌燥。请您在马背上烧壶茶咱们喝行吗?"

　　老汉听到年轻人的请求,在马上自言自语地说:"这个年轻人真是越说越不像话了!我活了这么大岁数,还从来没有听说过,更没有看见过能在马背上烧茶的人！"

快到中午的时候，他们终于见到前面有一条小河。见到小河，他们都十分高兴，小伙子更是兴高采烈，马上对老汉说："哎，大爷！我们骑的马都很乏了，到前面小河后，我们换两匹好马骑行吗？"

听到年轻人的话，老人家再也忍不住了，没好气地说小伙子："看起你这个年轻人像模像样挺聪明的，怎么尽说些傻话！在这荒无人烟的戈壁上，谁给你送来好马骑呀？！"

年轻人听到老人的气话，倒是没有生气，只是笑了笑仍继续赶路。他们过河以后不久，迎面一大群人朝他们走来，其中四个人抬着一具死尸。见到死尸，年轻人问老汉："哎，大爷！您说他们抬的那个人，是已经完全死了呢，还是只死了一半？"

老汉听年轻人这样问他，气得浑身发抖，胡子都气直了，两眼瞪着小伙子，反问他："你睁开眼睛好好看一看，死人的身体是用白布裹起来的！难道人还活着，会拿白布把他裹起来吗？！"

年轻人只是默默地听着老人的话，没有回答。他们又继续往前赶路。走着走着，他们走到一片麦地跟前。好大一片麦地，地里的麦子长得很不错，碧绿碧绿的。年轻人望着这一大片绿油油的麦地，又向老汉提出了问题："大爷！您知道这一大片麦子是已经被吃了呢，还是没有被吃呀？"

老汉听了年轻人提出的问题，很不耐烦，不过老汉与他这一路走下来，觉得这个年轻人傻是傻点，但还算憨厚反倒可怜起他来，对他说："哎，可怜的孩子！你太幼稚，也太老实，愿真主赐给你一些智慧！你

想想,麦子明明长在地里,怎么会是被人吃掉了呢?!我活了这么大年纪,还从未见过像你这样没有见识,又不明事理的人!"

年轻人听了老人的话,没有再说什么,只是笑了笑,继续与老汉一同赶路。不一会儿,他们来到了一条河边。老汉一面准备过河,一面对小伙子说:"过了这条河不远,就到我们的阿吾勒了。今晚你也就不要再往前走了,就到我家去住一夜吧!"

年轻人说:"谢谢您,好心的大爷!今晚我想就在这河边过夜了。您赶了一天的路,请快回家休息吧!"

老汉见小伙子不愿去,没有勉强,自己走了。他刚走不远,年轻人又追上来叫住老汉,问他:"大爷!请问您家里有多少人?"

老汉不太明白小伙子问这话的用意,也没去细想,随即说:"我家里只有我一个女儿。"

年轻人一听,说:"那样的话,您进家门前,最好先问一声,等家里的人答话以后再进去。"

老汉对年轻人这句话没怎么在意,随便答应了一声就走了。他到家时,见毡房的门关着,正要推门进去,忽然想起刚才年轻人说的那句话,忙停下来向毡房里大声问道:"屋里有人吗?"

这时,毡房里传出他女儿的声音:"阿爸,我正在洗澡!请您在外面先休息一会儿。"

老汉一听,不由得一愣,心想:我和那个年轻人同行了一天,听他说了一路的糊涂话,但最后说的这句话,倒是有几分见识。如果我一到家,不先问一声就推门进去,那多不合适呀!不一会儿,姑娘从毡房里出来迎接爸爸。她刚梳洗完毕,还一身热气,白里透红,非常艳丽,比十五的明月还要漂亮。姑娘掀开毡房的门帘,把父亲迎进毡房。老人坐在一边脱靴子,姑娘拢火给父亲烧奶茶。边烧茶,边问父亲一路上的情况,是不是碰到什么不愉快的事?老汉对女儿说:"哎,别提了!这一路,我和一个年轻人同行,谁想到却生了一肚子气!"

姑娘听了父亲的话,有些奇怪,问:"生什么气了?为什么?"

老汉说:"和我同行的那个年轻人,看起来有模有样,像是很聪明、英俊的样子,谁想到实在是个糊涂蛋。路上,他先是让我把路缩短。你说说看,我不是真主,也不是神仙,我怎么能把路缩短呢?"

姑娘听了父亲的话,说:"他让您把路缩短,您为什么不给他讲故事呢?要是一面讲着故事,一面赶路,那路程虽长,不是不知不觉地就会觉得它缩短了吗!"

老汉感到姑娘说得有道理,但他又说:"可是,我们走了一阵,他又让我在马背上烧茶解渴。这该是从来没有过的事吧!"

姑娘听后,笑了起来,说:"您给他吃点纳斯巴依(鼻烟)就行了嘛,纳斯巴依不是能解渴吗?在马上吃纳斯巴依,不就是在马背上烧茶了吗?!"

老汉说:"你说得也对。不过,我们快走到一条河边时,他又叫我换匹好马骑。你想想,在那荒无人迹的地方,哪有换骑的马,更不用说好马了!"

姑娘说:"他不是叫您真的换马,而是请您把骑的马放到河边饮饮水,吃吃草,让马休息休息。走乏了的马,饮些水,吃些草,休息一下,不

又是一匹好马了吗?！"

老汉感到女儿说得有理,但他还是觉得那个年轻人糊涂,于是说:"后来我们遇到发丧的人群,他竟然问我:'他们抬的是已经完全死了的人呢,还是只死了一半的人?'你听听,这不是胡说,又是什么?！"

姑娘说:"爸爸!那个年轻人问您的是:他们抬的死人有没有后代?如果有后代,死人没有完成的事业,可以由他的后代继续完成,说明这个死人只死了一半。如果没有后代,他生前没有完成的事,他死后没有人来为他完成,这样的死人就是完全死了。"

老汉感到女儿说得很对,不过他还不服气,又说:"他看见地里长着的绿绿的麦子,却问我:这麦子是已经被吃掉了的呢,还是没有被吃掉的?你说,这不是个真正的傻瓜吗?！"

姑娘想了想,说:"年轻人问的是,那些绿油油的麦子的主人,是不是穷人?如果是穷人,他去年打的粮食已经吃完了,今年吃的是向巴依借的;现在地里长着的麦子,一打下来就得还给巴依。这不就是说,这地里长着的麦子是已经吃掉了的吗!"

老汉听了姑娘的回答,低下头来半天都不说话。最后,还是姑娘说:"爸爸,俗话说:'活的岁数大,不一定就知道得多;走的地方多,才会知道得多。'我看那个年轻人,倒是一个见多识广,聪明智慧的人。您和他一天同路,没有请他到我们家来做客?现在天色已晚,不知他今晚住在什么地方?"

老汉从女儿的话里,听出了她的意思,说:"我们分手的时候,我叫了他,他不肯来,说是就住在阿吾勒前面的河边。我看你烧壶奶茶,再拿个馕,找个人给他送去,表示一下我们的心意吧!"

姑娘烧了一壶加了胡椒的浓浓的奶茶,又在一个新打的馕上厚厚地抹了一层奶油,叫邻居一个孩子把馕和奶茶给年轻人送去。临走时,姑娘特意嘱咐孩子,说:"你把这些东西,带去送给歇在阿吾勒前面河边的那个大哥哥,并对他说:

> 清清的泉水,乳白的颜色;
>
> 圆圆的月亮,被白云遮着;
>
> 美丽的鲜花,在这儿藏有一朵。"

小孩答应了一声,带上东西跑了。路上,孩子不小心摔了一跤,奶茶撒了一多半,馕也被孩子吃了大半块。到河边后,孩子把带去的东西给了年轻人,把姑娘叫说的话也告诉了年轻人。小伙子吃了馕,喝了奶茶,对孩子说:"谢谢你,小兄弟! 同时,也请你回去替我谢谢让你带东西的那位姐姐,并对她说:

> 乳白的清泉,已快要枯竭;
>
> 十五的月亮,变成了新月;
>
> 勤劳的蜜蜂,没飞到花儿旁停歇。"

小孩回去把年轻人的话告诉了姑娘。姑娘听后,对孩子说:"你这个掏气的孩子,为什么不小心撒了奶茶,还吃了大半块馕?"

　　孩子承认了自己的错，只是很奇怪姑娘怎么知道自己撒了奶茶，吃了馕，好奇地望着姑娘。姑娘看见孩子张大的眼睛，又对他说："你这样看着我干什么？是那个大哥哥告诉我的，你把奶茶都快撒完了，把一个馕吃得也只剩一小半了。你这样淘气，罚你再去那个大哥哥那儿一趟。就说我爸爸请他来我们家做客，有重要的话要对他说！"

　　小孩再一次去到年轻人那儿，转达了姑娘的话。年轻人接受了姑娘的邀请，来到了姑娘的家。后来，这一对聪明智慧的青年小伙子和姑娘，成了草原上人们最羡慕的好伴侣。

特勒克拜复仇的故事

　　早先,有座建在湖边的城市,这个城市的汗王叫赫柯买特。赫柯买特汗王长年供养着四十多位卜师、巫婆和算命先生。汗王无论遇到什么事情,比如丢了金银珠宝或是驼马牛羊,他都靠这些卜师、巫婆和算命先生占卜、算卦或是圆梦来解决。卜师、巫婆们占卜、算卦,有时还真能找到汗王丢失的东西。因此,这些卜师、巫婆和算命先生,不仅名声显赫,在这个城市里无人不知,而且仗着汗王对他们的宠信,在这个城里作威作福,老百姓谁也不敢惹他们。他们还自认为他们是这个世上最洁净的人,所以,每天要到城里唯一的澡堂里洗澡。

　　在赫柯买特汗王建城的湖边,有一个破旧低湿的茅草棚,草棚里住着一对不老不少的中年夫妇。他们靠打鱼为生,整天在冰冷的湖水里劳作。由于他们长年累月泡在湖水里,浑身骨节受寒气的侵袭经常疼痛。因此,他们需要经常到澡堂的热水里泡泡澡,发发汗,祛除周身

的寒气。

这天,两口子为了能多泡一点时间,特别起了个大早,没有下湖打鱼,早早的就赶到了城里澡堂。他们交了钱,刚进浴池把身子浸湿,澡堂的老板就来敲门,叫他们赶快起来,说:"汗王的卜师巫婆们来了,他们要洗澡,你们快穿上衣服出来吧!不然,误了卜师巫婆们的时间,大家都没有好日子过,弄不好还会丢了性命!"

两口子专门起了个大早,歇了业,跑进城来泡澡、发汗。如今交了钱,却没能泡成澡,发成汗,非常气愤。当时老婆就对老公说:"我受不了这个窝囊气!你,特勒克拜,要称得起是胡大赐给我的丈夫,算得上是草原上的好汉,就去跟那些卜师巫婆们算账!要不,别看我们是多年的夫妻,我要跟你离婚!活在汗王的狗奴才们脚下,还不如死了的好!"

特勒克拜听了老婆这一番激烈的话,也受不了了,他决心扮个大巫师去跟汗王的卜师巫婆们较量,报今天在澡堂受到的这一奇耻大辱!他让老婆给他做了件很肥大的白袷袢,又让老婆用白天鹅皮给他做了一顶尖形帽子。他穿上肥大的白袷袢,戴上白天鹅皮的尖形帽,手里握着一根有十七个棱的棍棒。棍棒的每个棱上,还画着许多奇花异草和各种形象狰狞的怪兽。他手里还拿着一个绣有花的白布包,包里装着四十一颗羊粪蛋。他还把九颗羊粪蛋,分别装在自己的九个衣袋里。把几本画着乱七八糟的图画的书,用白布包起来揣在怀里。就这样,他把自己打扮得活像一个巫术高明的大巫师,大摇大摆的进城去了。城里的人们见到他,很是惊奇,都闹不清他是什么人?是从哪儿来的?人们七嘴八舌,议论纷纷。

有的人说:"看样子像个卜卦的。"

有的人说:"不,像个大法师!"

有的人说:"不,是个大巫师!"

也有的人说:"说不定是个大圣人!"

说是大圣人,大家齐声附和,说:"对,肯定是个大圣人!"于是,有人忙请他为家里的病人看病;有人忙求他为自己的亲人算命;有的人请他用羊粪蛋为自己丢失的东西卜个卦;有的人还求他为自己出远门的家人祝福。不管占卜也好,看病也好,他都能说出一套。尽管这一套套话,都是他凭空编出来的,但他话说得圆,怎么解释都通,所以大家还都很信服。不久,"一位大圣人降临了"这件事,很快传遍了全城。

再说这个城里的汗王赫柯买特,他有好多商队。商队之一的头目名叫奥加尔。这天,奥加尔赶着四十头驮满金银珠宝、高档绸缎和其他贵重货物的毛驴,从远方归来。路上,他一头驮着贵重货物的毛驴丢了,怎么找也找不到,又不敢给汗王讲,非常着急。已经迟到一天了,汗王已派出卫士来寻找他们,可怜的奥加尔才赶着驴队进城,战战兢兢地向汗王禀报了毛驴丢失的事。汗王听了禀报,马上召来他四十个巫婆、卜师和算命先生,对他们说:"奥加尔驴队的一头毛驴丢了,那头驴驮着我最贵重的货物。你们不管占卜、算卦还是念咒、诵经,总之赶快把丢失的货物给我找回来!"

汗王丢了最贵重的货物,非常心疼,满以为他的卜师巫婆们,很快就会把丢了的东西找回来。谁知过了一整天,他们谁也没有找到丢了的货物。这时,汗王是又急又气,当即下令在百姓中征召能找到货物的

能人。汗王的命令一出来,百姓们都纷纷向汗王推荐特勒克拜,说他如何如何了得,是了不起的大先知,是胡大派来的大圣人。汗王派卫士去把特勒克拜叫来,问他:"人们说你是先知,你真的是先知吗?"

特勒克拜听说那四十个卜师、巫婆和算命先生,占卜、算卦折腾了一整天没能找到丢失的毛驴,心知他们不过是一群混迹草原的骗子,胆子更大了,听汗王这样问他,就大着胆子回答:"尊贵的汗王陛下!我不是先知,我只是一个普通的巫师。"

汗王说:"普通巫师也罢,你可不要冒充!冒充巫师,欺骗我,是要被砍头的!我手下就有四十个卜师、巫婆和算命先生,你知道吗?"

特勒克拜说:"汗王陛下,我知道!"

汗王说:"那好!你现在就去给我把丢失的货物找回来!"

特勒克拜知道,自己这个巫师,装模作样,是为了压倒汗王的那些卜师、巫婆们,自己既不会让神仙显灵,也不能使鬼怪附体,神灵鬼怪帮不了自己的忙,要找到汉王丢失的货物,只有靠自己。定下来后,他找来了商队的头目奥加尔,向奥加尔了解汗王的货物是在什么地方,怎么丢失的。早就吓得失魂落魄的奥加尔,见大巫师问他,更是不敢大意,忙把毛驴丢失的经过,详细地说了一遍。他说:"我们进城的前一天,是在一片树林里过夜的。第二天一早,我们出发的时候,发现少了一头毛驴。我们当时就在林子里找,可是几乎找遍了整个树林和周围的草地,也没有找到。"

特勒克拜听后,又问:"你说的那片树林在什么地方?离城有多远?"

奥加尔说:"那片树林的旁边,就是汗王的果园,离城不远。"

特勒克拜听说树林旁边是汗王的果园，又问："你们到汗王的果园里去找了吗？"

奥加尔说："汗王的果园四周都有卫士巡逻，任何人畜都是进不去的，我们丢失的毛驴也不可能跑过去。"

特勒克拜听了奥加尔的介绍，心想：汗王的毛驴和货物，没人敢动，整个树林和周围的草地都找遍了，没有找到，那肯定是钻到汗王的果园里了！驮着货物的毛驴，钻进果园里吃草。果园里树木不高，又长的密密匝匝。那毛驴进果园后，被纵横交错的树枝挂住了背上的驮子，挣不开，也就走不出来了。想到这里，特勒克拜立即去对汗王说："尊敬的汗王陛下！您的货物没有丢。驮您货物的那头毛驴，就在你果园的林子里。毛驴在两棵果树之间，被树枝卡住了，出不来。您派两个人去您的果园找就行了！"

一心只惦记着自己那一驮最贵重货物的汗王，听特勒克拜这样说，非常高兴，根本顾不上想他的话对不对？他是怎么知道的？当即就派两个卫士去果园搜寻。不久，毛驴被找回来了。汗王问派去的卫士，是在什么地方找到的？卫士对汗王说："我们到陛下的果园，与看守果园的园丁、卫士一起，在果园里搜寻。不一会儿，就在两棵果树中间找到了毛驴。毛驴的驮子被树枝挂住了，挣不脱。我们去拉开树枝，就把毛驴牵出来了。"

卫士说的，同特勒克拜说的完全一样。这一来，特勒克拜立即被汗王尊为最有能耐的、最大的巫师，把他养在宫中。原先不可一世的那四十个卜师、巫婆和算命先生，被汗王当做骗子、恶棍，罚到最荒凉的边

境去服苦役。汗王替特勒克拜和他老婆出了胸中的那口恶气，不过，特勒克拜可不愿留在宫中，一天到晚，总想着尽快离开这个贪财的汗王。

就在特勒克拜还没想出离开汗王的办法以前，一天，汗王的金库被盗了。盗金库的贼，看样子不是一般的小偷，也不是十个八个，他们把金库凿了个大窟窿，一次就盗走了十几口袋金银财宝。汗王一下子丢了这么多财产，心疼得要命，马上命卫士去把特勒克拜叫来，对他说："你是我最敬重的大巫师，你神通广大，法力无边。现在一伙大胆的盗贼，竟敢盗窃金库，盗走了金库里大量的金银财宝。你赶快施展你的法术，把那些盗贼找到，把被盗走的财产找回来！"

特勒克拜已听说了金库被盗的事，他也估计到这伙盗贼非同一般，人数也不少，要找到他们不会是一两天的事，于是对汗王说："尊敬的陛下！盗金库的不是一两个贼，也不是一般的小偷，他们人数很多，胆量不小。不过，请陛下放心，不管这伙盗贼有多厉害，我都会让他们全部落网，让被盗的财物全部追回。因为这不是一件一般的盗窃案，办起来很不容易，所以，请陛下给我四十天的时间，给我一间独立的住房。在这四十天里，不准任何人到我住的房间去，连我的老婆也不准去。在这四十天里，我将施展各种法术，邀请多方神灵。有时我要查看天书，有时我要和鬼神交谈，有时我要用蓍草占卜，有时我要拿羊粪算卦，有时我会烧狼筋，有时我也会跳大神。总之，我会使出一套套最厉害的法术，找出那一伙毛贼，追回被盗走到财产。最后，请陛下把我要施的这些法术，向所有的百姓宣告，让全体臣民也知道我是怎么抓住这帮毛贼的！"

汗王听了特勒克拜的话,非常高兴,当即给了他一间宽大的独立房间,答应给他四十天时间,让他一个人在房间里施展各种法术,同时召集全体臣民,向大家宣布了大巫师要施行的种种法术,让全体臣民都知道大巫师的厉害。

特勒克拜住进独立房间后,当天就到街上买回四十颗杏干,一颗不多,一颗不少。杏干买回后,他对自己说:"特勒克拜!你一个人关在这一间独立的房子里,可别把日子过糊涂了。这四十颗杏干,你一天吃一颗,吃完,刚好四十天。四十天一到,你必须想法离开,不能在这里等死!"说完,他躺在床上闭着眼睛养起神来,什么抓盗窃金库的毛贼,什么找回金库被盗的财宝,他想都没想。让特勒克拜躺在他的床上静静地养神吧,我们再说说盗窃金库的那一伙盗贼。

那伙盗贼,总共整整四十个,他们一个比一个心狠手辣,凶残狡诈。他们这次顺利地从金库盗出那么多金银珠宝,一个个非常高兴,都猴急着早点分赃,早点享受。就在他们的头目对怎么分还没发话的时候,汗王召集全体臣民,宣布了大巫师将施行多种法术捉拿他们。对大巫师的名气,他们也有所闻,在盗金库时也曾对他有所顾忌。盗金库得手,他们就把顾忌抛到一边了。现在,听汗王一当众宣布,他们马上就心虚起来,忙聚在一起商量对策。有人主张:"快快把盗来的金银珠宝分了,大家分散开来,各自逃走!"

有人反对,说:"汗王的这位大巫师,可是真正的活神仙!他一说就中。汗王的毛驴丢了,他连毛驴哪一天卡在哪个地方的哪两棵树中间,都说得清清楚楚。我们再怎么分散,也难逃脱大巫师的法力!不如我们

早些给他送去一份厚礼,求他饶恕我们,免得我们四十个人的血白流一地!"

听了两方面的主张,强盗们的头目说:"今天晚上,大家都睡了以后,我亲自去那位大巫师住的地方,看看他怎么施法术,也看看他的法术到底有多神?"

强盗们都同意头目亲自去摸清底细。这个身高体壮的强盗头头,夜深人静的时候,蹑手蹑脚摸到特勒克拜住的房间外面,偷听屋里的动静,只听见屋里像是有人在转着圈走动。强盗头又从门缝向里偷看,只见转圈的人正是大巫师,像是在施什么法。本来他独自一人夜半更深在巫师门外偷看偷听,心里就有些发虚。俗话说:"人一心虚,一个影子会成两个。"强盗头见大巫师在屋里转圈,越看越让他糊涂,怎么一个人变成了几个人?怎么大巫师变成了一些人不人,鬼不鬼的怪物?原本在转圈的大巫师,怎么不转了只是在自己眼前不停地晃动?同时,还听见大巫师说:"你们总共四十个,现在,你们中最大的一个送上门来,好,今天是第一天,就拿这最大的一个开刀!"

强盗头一听这话,吓得魂都飞了,转身就往贼窝跑。一跑回贼窝,顾不得喘口气,就对他的同伙们说:"这大,大,大巫师太厉害,他连我们一共多少人都知道了!他还对他的神说,我们中最,最大的一个,今天送上门来了。看来,这场灾难我们是躲不过的,摆在我们面前的只有一条路,就是去向他乞求!这样他也许还能饶我们不死。"

强盗中有个干瘦干瘦的小个子,虽说个子小,但足智多谋,胆大心细。听了老大的话,觉得老大怎么今天胆怯了,想自己去看看,于是说:

"让我明晚去探听探听,回来再决定,怎么样?"

强盗们同意了小个子的要求。第二天夜里,小个子强盗悄悄摸到特勒克拜住的房子外面,从门缝往里察看动静。只见大巫师在屋里转来转去,不一会儿,果然像老大说的那样,屋里好多神不神,鬼不鬼的人影,在眼前乱晃。同时还听见大巫师嘴里咕咕哝哝的,好像在叨念什么,但又听不清念了些啥。他忙暗自定了定神,这时才看清大巫师把手伸向墙上挂的口袋,同时也听见大巫师说:"你们总共四十个,今天是第二天,送到手的怎么就是个又黄又瘦又干瘪的? 不过,我也不会客气的!"

小个子强盗听到这里,再也稳不住神了,吓得赶忙逃命。他一跑到强盗们跟前,就垂头丧气地说:"完了!完了!我们的事他全知道了,连我们每个人的模样,他都了解得清清楚楚。我看,照老大昨天说的,我们赶快去求大巫师饶命吧!"

去求大巫师饶命,怎么去求? 强盗们商量来商量去,最后还是决定把从金库盗来的金银财宝,全部给大巫师送去,求大巫师饶恕他们。当天夜里,强盗们就去敲特勒克拜的门,屋里传出特勒克拜严厉的声音:"谁呀?不是说好四十天内,不准任何人来吗?"强盗头目小声说:"大巫师老爷,是我们。金库那些金银珠宝是我们偷的,现在,我们给您送回来,求您……"

特勒克拜一听全明白了:"强盗们请罪来了!"没等强盗头儿说完,就开门让他们先进屋。强盗们小心翼翼地进屋后,都哭着跪在门口,强盗头儿也是边哭边接着说:"求您宽宏大量,饶恕我们。金库的金银珠

宝，我们全部送回来了。另外还有些金银，是我们孝敬您老人家的，请您收下，给我们一条活路！"

特勒克拜听了他们的哭诉，看着他们，摇了摇头，说："金库的金银财产，可以留在这儿。你们送的东西，全部带回去，我是不会要的。我早就知道你们四十个人盗了金库的金银珠宝，干了坏事，犯了罪。只是我这个人心软，想到小偷、强盗都是人嘛，所以我给你们四十天的寿限，过了四十天，我就不会宽恕了。现在，你们在四十天内自己来请罪，送回了全部盗去的赃物，对你们所犯的罪孽有所悔悟，我决定给你们留条生路。不过，你们得听我的劝告，从今以后再不要干偷盗的事。如果今后你们再有偷盗行为，我就绝不会再饶恕了。我在的地方，绝不容许任何人为非作歹，偷盗抢劫！"

四十个强盗听了特勒克拜的话，一个个赌咒发誓，决心改过自新，重新做人。以后他们真的都做到了自食其力靠自己劳动过日子。

金库的金银财宝都找回来了，汗王对特勒克拜更加敬重了，可是特勒克拜却更加想着早一天离开汗王。汗王说什么也不放他走。最后，特勒克拜想了这样一个办法，对汗王说："尊敬的汗王陛下！一个不幸的消息，昨天晚上我的神灵们跟我分手了。他们说帮我找回了金库丢失的金银珠宝，就是对我最后的帮助。从今天起，我所有的法术，连占卜、算卦都不灵了，我也就再不能施展任何法术为陛下效力了！"

汗王先是一惊，接着感到十分丧气，他对特勒克拜说："大巫师，你再好好求求你的那些神灵，请他们再留几年吧！"

特勒克拜说："不行呀，陛下！神界的事，可不像我们人间。神灵们一旦离开,是不会再回头的!原来附在我身上的各方神灵,昨晚上一离开我,就已经附到别的巫师身上去了,我怎么还能再请回来呢?!"

汗王见事情已经无法挽回,只好对特勒克拜说:"这段时间,你为我办了不少好事,特别是帮我找回了金库丢失的全部财产,让我看清了原先在我身边那四十个骗子巫师。现在,你虽说不能再施什么法术为我办事了,我还是决定给你两间宫中的房子,希望你能住在我的身边,以后有什么事,好随时向你询问!"特勒克拜见汗王还是有些诚意,答应日后常来宫中拜见,离开了汗王。

就这样,特勒克拜凭自己的机智、勇敢,战胜了仗恃汗王宠信而飞扬跋扈、横行霸道的四十个卜师、巫婆和算命先生,出了胸中那口恶气,报了仇。

吐拉西和吐拉普

很久以前,有兄弟俩,老大吐拉普是巴依,老二吐拉西是穷人。哥哥嫌弟弟穷,不让弟弟在家住,甚至把弟弟赶出了阿吾勒。弟弟为了活命,只好四处流浪,乞讨为生。人们把他们兄弟俩,老大叫"吝啬的巴依吐拉普",老二叫"苦命的乞丐吐拉西"。

一天,乞丐吐拉西到巴依吐拉普家去看望哥哥。吝啬的巴依吐拉普一点儿也不同情无衣无食,四处流浪的可怜的弟弟,心想:他到我家来干什么?嗯,准保是想赖在家里白吃,要不就是想讹我的家产;与其让他赖在家里白吃,不如随便给点儿什么,把他打发走!想到这儿,他叫家人拿出一小碗小黄米来,对吐拉西说:"唉,我说兄弟!你也老大不小了,整天只想着在草原上四处游玩,啥时候是个头哇。我现在最后再给你一些小黄米,你以后再别来找我了!"

吐拉西从哥哥那儿没有得到一点儿温暖,非常伤心。他来到一处土地肥沃,水源充足的地方,心想:一碗小黄米,还不够吃一顿呢,看来哥嫂是靠不住啊。这儿水土都不错,不如把小黄米种在这里,靠自己的劳动生存!他没有劳动工具,就用双手刨土、下种。不一会儿,他就浑身冒汗,手也刨出了血,不过,他没有就此停止,而是更加用力地刨着、种着。这时,天边飞过来一只白天鹅,落在离吐拉西不远处,喊着吐拉西问:"唉,小伙子!看你满头大汗,双手是血,不停地抓土,你这是在干什么呀?"

吐拉西听见白天鹅问他,直起腰来擦了擦额头上的汗水,回答白天鹅说:"我这是在劳动,想试一试自己,看能不能靠自己的劳动生存!"

白天鹅听了吐拉西的回答后,向前走了两步,来到吐拉西面前,对他说:"过来,骑到我背上去!"

吐拉西不太清楚白天鹅想要干什么,但还是照它说的那样骑到了它的背上。他刚一骑上去,白天鹅喊了一声:"骑好了!"随即像射出的箭一样,飞向了天空。他们在天空朝着太阳出来的方向飞去,很快他们就飞到了太阳将要出来的大山前。这时,太阳还没出来,吐拉西见四周到处金光耀眼,无数的金银珠宝堆成了山。他正惊奇地望着这一座座金闪闪的大山发愣,白天鹅对他说话了:"哎,小伙子!你还在愣什么?快拿吧!这儿的金银财宝,你需要多少可以拿多少;只是记住,千万不能待的时间太长,否则会有危险的!"

吐拉西在这无数的金银珠宝中,捡了一块金子,再没有拿别的什么。白天鹅见吐拉西只捡了一块金子,问他:"哎,小伙子,拿够了吗?"

吐拉西把金子装进衣袋里,说:"够了!"

白天鹅说:"那你原骑到我背上来吧!"

吐拉西照来的时候那样,骑到白天鹅的背上,白天鹅驮着他,原飞回到他种小黄米的地方。等吐拉西从背上下来后,白天鹅对吐拉西说:"再见吧,憨厚的小伙子,祝你好运,过上幸福的生活!"说完,眨眼间就不见了。

吐拉西十分惊奇眼前这突然发生的事。他哪里想到还有更让他惊奇的事在他面前。这时,他发现面前一片茂盛的庄稼,仔细一看,那茂盛的庄稼正是他刚刚种下的小黄米。刚种下的黄米,一转眼工夫怎么就长成了一片成熟的庄稼?他忙又看看手头握着的金子,金子是真的,而且明显感觉到它的重量。他更感到奇怪了,这是怎么回事?因为他种下去的黄米已经成熟,顾不得细想其他的事,忙动手收割黄米。黄米收回来,他又用手头的金子,买了不少牲畜,请人在种黄米的地方为自己盖了一栋住房,还娶了一个穷人家的姑娘为妻。从此,小两口靠自己辛勤的劳动,过上了幸福美满的生活。

日子一天一月的过去,吐拉西的生活也一天一月的富起来。他不仅有成片成片的庄稼,还有一群一群的牲畜。他住的地方,原来是没有人迹的荒野,现在庄稼成片,畜群满山,人也慢慢的多起来。吐拉西对外地搬来这儿开荒种地或是牧放牲畜的人们,都给予尽力的帮助。尤其是穷苦的农牧民,他更是不但给他们粮食、牲畜,救助他们,让他们生存下去,还想方设法帮助他们,让他们过上好日子。这样,吐拉西的名声,很快就传遍了整个草原。

再说用一碗小黄米就把吐拉西打发了的吐拉西的那个哥哥,齐嵩的巴依吐拉普,在得知弟弟吐拉西富裕、慷慨的消息后,一开始根本不信,一个四处流浪的流浪汉,能变成草原的大巴依?后来经不住草原上人人都这样说,于是决定找到吐拉西,了解"吐拉西是怎么突然富起来的"这个谜。没有多久,吝啬的巴依吐拉普就找到了弟弟吐拉西的家,见到了弟弟吐拉西。他一见穿着不凡的弟弟,马上跑过去抱着吐拉西大哭起来,说:"哎,我的好兄弟!这些日子你都到哪里去了,让我满世界到处找你?!你知道这些日子我有多么想你吗?自从上次你离开我以后,我日夜都在想念你。白天我想你想得吃不下饭,夜晚我想你想得睡不着觉。幸亏今天终于找到了你,要不然我真的都不想活了。唉,我的好兄弟!看你现在的日子过得不错,你为什么不去看看你唯一的亲哥哥呢?你日子好起来后,就把你唯一的亲哥哥都忘了吗?这真叫人伤心呀!"

善良憨厚的弟弟,忘记了哥哥一小碗黄米就将他打发了的往事,听哥哥这样说,忙向哥哥赔不是,说:"啊,实在对不起,我因为杂事太多,没能去看你,请你原谅!"边说边把吐拉普迎回家,杀马宰羊热情地款待他。

吃饭的时候,吐拉普又一次问吐拉西这段时间都到什么地方干什么去了,同时还特别问弟弟是怎么富起来的,希望弟弟能帮他也富起来。善良憨厚的吐拉西把自己富起来的经过,一五一十全部告诉给吐拉普了。

吐拉普听了弟弟的讲述,有些坐不住了,那天夜里,他更是没有睡觉,只盼着天快一点亮。可是,他越是盼着这天快一点亮,这天偏偏越

是亮得特别的慢。好不容易挨到后半夜,他再也等不得了,急急忙忙的起床,连早饭也顾不得吃,更没有给弟弟说一声"再见!"骑上马飞快地跑回家去了。

一到家,吐拉普连给老婆也没有招呼一声,就把自己打扮成一个讨饭的乞丐,肩上搭条破褡裢,褡裢里装了些小黄米,左手端个破木碗,右手拿根打狗棒,上路找白天鹅去了。他在路上走了也不知道多少时间,来到一处像吐拉西说的那样水土都还不错的地方。他在这里停下来,开始播种小黄米。

巴依吐拉普过去从来没有种过地,没干几下,就累得满头大汗,喘不过气来,全身连一点力气都没有了,只得坐在地上向四周探望,希望能见到那只能带给他财富的白天鹅。他望了半天,别说白天鹅了,连一只野鸭子也没有看见。不过,他坐在地上望这半天,到是缓过劲来,于是又开始了播种黄米的活儿。

不一会儿,真的从远处飞过来一只白天鹅。白天鹅飞到离吐拉普不远的地方落下来,问吐拉普:"哎,年轻人,你一次次地往地上撒小黄米,这是为什么?"

吐拉普见果然有白天鹅来问他,忙照弟弟告诉他的那样,回答白天鹅,说:"我想试一试自己的能力,看撒在地上的黄米,能不能收回来更多的财富。"

白天鹅听后上前几步,来到吐拉普跟前,对他说:"那样的话,过来趴到我的背上……"白天鹅还没有说完,吐拉普早已爬到白天鹅的背上了。白天鹅见吐拉普很快爬上了自己的脊背,说了声"趴好了!"一纵身飞上了高空,随即向太阳出来的方向飞去。

　　不一会儿,他们来到太阳那里,太阳还没有出来,不过这儿已是金光闪闪,四处明亮如同白天一样。吐拉普见脚下到处是金银珠宝,真是惊喜若狂,眼睛都红了,嘴里还流出了口水。白天鹅看见吐拉普这惊喜的样子,对他说:"哎,年轻人,看样子你很喜欢这些金银珠宝。你真喜欢就拿吧,想要多少可以拿多少。只是不能在这儿待的时间太久,呆的时间长了,会发生不幸的事情的!"

　　吐拉普听说可以拿这儿的金银财宝,而且想要多少可以拿多少,立即取下早已准备好的褡裢,拼命往褡裢里装金子。他只顾捡金子往褡裢里塞了,白天鹅后面说的话根本就没听见。他不停地往褡裢里塞金子,褡裢塞满了,他又在往怀里塞。白天鹅一连两次问他装好了没有,他都回答说:"没有!"过了好一阵,白天鹅有些急了,又一次大声问吐拉普:"你想要的金银还没有拿够吗? 不能再停留了!"

　　吐拉普更是不耐烦地说:"没有! 没有! 你再等等!"

　　白天鹅听了吐拉普的回答,说:"唉,真是一个贪心的家伙,连命都不想要了!"说着,一展翅飞上了高空。

　　这时火红的太阳露出了山头,太阳火红的光芒射向了整个世界,阳光把贪心不足的吐拉普烧焦了。太阳把烧焦了的吐拉普扔向大地,吐拉普被烧焦了的尸体落在了他阿吾勒的中央。人们见到被烧焦了的吐拉普的尸体后都说:"这,就是贪婪者的下场!"

机智的老头儿和巨人

过去,有一对靠自己劳动维持生活的老夫妇,他们没有孩子,只有十几只山羊。他们靠这些山羊的肉、奶吃喝,用这些山羊的皮、毛做衣服御寒。总之,吃穿都离不开这十几只山羊。

老夫妇过日子靠这十几只山羊,离老夫妇的家不远偏偏窝着一只狼。这只狼经常到老夫妇家来抢食,把老夫妇搅得一点办法都没有。为了摆脱这只恶狼的威胁,老头儿决定出去找一个自己安全,山羊也安全的地方。老头儿翻山越岭,走呀走,走得又累又渴,很想有个地方歇歇脚,喝点水。这时,他发现前面不远处有栋异常高大的房子,房子里冒出一缕炊烟。见到这些,老头儿鼓起劲儿来去到房子跟前。他推门进去,只见一个女人在灶边烧火。他跟那个女人打过招呼,要了些水喝以后,问起对方的情况。那个女人说:"这是巨人的房子,我是巨人的妻子。我原本是个穷人家的姑娘,巨人把我抢来做他的妻子,让我每天为他烧茶做饭,服侍他。"

老头儿很同情这个穷人家的姑娘,问她:"巨人现在到哪里去了?"

那个女人说:"打柴去了。"

老头儿想救这个姑娘,又问:"巨人的力气很大吗?究竟有多大?"

那个女人说:"他的力气很大,一次背回来的柴火,一百头牛才能驮了,你是对付不了他的。他很快就会回来了,你赶快走吧。他要是回来看见了你,会马上掐死你的!"

老头儿决定设法救这个姑娘,听了姑娘的话不但没走,反而说:"他的力气大,就这么个大法呀?要这么说,我的力气比他大多了。实话告诉你,我这次就是专门来找他,想跟他比试比试的!"

女人不知道老头儿说的是真是假,善良的她拿出许多好吃的东西来,热情地款待老头儿。饭后,女人对老头儿说:"大叔!我带你到一间空房里休息。不过,你随时要注意听着这边的动静,时刻防着巨人!他一回来,会立刻发现你,不等你跟他较量,他就会先找着掐死你的!"说完,女人带老头儿到隔壁一间空房里休息下来。

不一会儿,巨人回来了,背上背着一百头牛才能驮动的柴火。他放下柴火,一进屋就问女人:"嗯,屋里好大一股生人味儿!来过什么人?"

女人害怕地说:"没,没有人来过呀。"

巨人发现了她在说谎,一把拽过女人来,掐住她的喉咙,稍一用劲,女人差点被他掐死,只得说:"今天是来了一个外地人,他是一个了不起的大力士,听说是专门来找你摔跤的。我见他力气大得吓人,担心你吃亏,就请他吃了饭,送他到隔壁空房子睡觉去了。"

63

　　巨人听女人这样说，也搞不清来的人究竟有多厉害，心想：管他多厉害，趁他睡觉的时候悄悄把他干掉，免得跟他当面较量吃亏。想到这里，趁天还没黑尽，悄悄爬上房顶，见老头儿睡觉的地方，正好在天窗下面，心头暗暗高兴，随后扛来好多大石头堆上房顶。半夜，他把房顶堆的大石头，通通砸到天窗下面，一心想把老头儿砸死。他边砸还边得意地说："你这个'了不起的大力士'，看我不把你砸成肉酱！"不一会儿，他从天窗砸进屋的大石头，在屋里堆成了一座小山。房顶的石头砸完了，巨人得意洋洋的回家睡觉去了。

　　再说老头儿，在巨人悄悄爬上房顶的时候，已经察觉了他。在巨人往房顶堆石头的时候，更是猜到了他的鬼主意。巨人堆好石头走了，老头儿立即起来睡到屋角去，专等巨人来扔石头。半夜，巨人来往屋里砸石头的时候，老头儿一直靠在屋角看着巨人愚蠢的行动。巨人砸完石头走后，老头儿才把被褥搬进石堆中间继续睡觉。

　　天亮以后，巨人到老头儿睡觉的屋里，想看看老头儿的尸体。他一进屋，就见老头儿睡在石堆中间，不但没死，还大声打鼾，像是睡得很舒坦，吓得忙往后退，想趁老头儿没有发现他之前溜走。突然，老头儿叫住他，问他："哎，你就是那个号称巨人的家伙吗？怎么一来就要走哇？"

　　巨人听见这突然的叫声，吓得一哆嗦，忙回答："对，我就是那个家伙。"

　　老头儿说："啊，那正好，我正打算睡醒了去找你呢！你安排我住在这样的破房子里，半夜跳蚤从天窗跳进来，在我身上蹦来蹦去，闹得我一夜没睡好觉！好容易天亮了,刚睡着一会儿,你又来打扰我干什么?想早点儿死吗?"

巨人听后,心想:好家伙,昨晚我用那么大的石头砸他,他却觉得是跳蚤在叮他,看来这个人的能耐不比我差,我得处处小心! 于是,忙恭恭敬敬地说:"昨天我回来得晚,听说您已经睡了,没有来打扰,刚才是想来请您到我家喝茶做客的! 见您还没醒,没好叫……"

老头儿打断他的话说:"请我到你家做客,那好哇! 走吧,别再啰嗦了。我正感到口渴呢。你前面带路吧!"说完站起来准备走,巨人见了连忙跑到前面去带路。

路上,老头儿按昨天夜里想好的打败巨人的办法,悄悄捡了一个鸟蛋、一根马尾,又抓了一只百灵鸟,揣在怀里。到巨人的家,喝茶吃馕,吃饱喝足以后,老头儿先发制人,说:"现在,我们吃也吃了,喝也喝了,该比试比试了吧!"

巨人听说比试,只好硬着头皮答应下来,问:"比什么呢?"

老头儿说:"比什么? 你不是认为自己力大无穷吗? 那咱就比比谁的力气大,怎么样?"

巨人又问:"那怎么比法呢? 是不是摔跤?"

老头儿说:"不忙,咱们先比比扔石头,看谁扔石头扔得高!"

巨人听说比谁扔石头扔得高,暗自高兴,禁不住露出几分得意地说:"我向空中扔出去的石头, 要等烧开三壶茶那么长的时间才会落地,你见过吗?"说着,向空中扔出去一块毡房那么大的石头。

石头扔向天空,等了大约可以烧开三壶茶的时间,才落下地来。老

头儿等石头落下来后,才从怀里取出那只百灵鸟来,说:"哼,你这算什么呀!扔出去的石头,不管烧开三壶茶、四壶茶,还是落下来了。告诉你,我扔出去的石头,是不会再落到地上来的,我一扔就扔到天外去了!"说着,把手中的百灵鸟向天空一扔。那百灵鸟在老头儿怀里憋了好一阵,如今飞上了天空,那真是要多高兴有多高兴,它越飞越高,越飞越高,一会儿连影子都见不到了。

巨人等了半天,不见老头儿扔上天的石头落下来,心头发憷了,两条腿禁不住有些打颤。老头儿见巨人害怕的样子,又对他说:"这回你说比什么吧,你也该拿出点真本事来,让我见识见识嘛!"

巨人还真不知道该比什么了,好一阵才强打起精神,说:"我能把胳臂一样粗的木棒,捏成鞭杆一样细,我们就比捏木棒吧。"说完,转身就去找合适的木棒。

老头儿趁他找木棒的时候,从地上捡起一根树枝来,掖在袖筒里。不一会儿,巨人找来两根比胳膊粗一些的木头棒子,把一根递给老头儿,自己拿着一根,当着老头儿的面,捏来捏去捏了一阵,手头胳膊粗的木棒,真的被捏得只有马鞭杆一样细了。

该轮到老头儿了,老头儿拿着木棒,说:"把胳膊一样粗的木棒,捏成鞭杆一样细,这没什么了不起。看我用不着像你那样费力气,只轻轻一用劲儿,还要把那木棒的油捏出来。"

巨人一听,又是一惊。老头儿趁巨人惊慌的时候,悄悄把手头的木棒掖进袖筒,顺手把袖筒里的树枝抽出来,迅速地摆弄着,同时从怀里把鸟蛋拿出来和树枝握在一起,迅速晃了几下,随即一捏,鸟蛋的蛋清蛋黄顺着树枝直向下流。他这一连串动作，非常麻利，巨人只见到一根胳膊粗的木棒，在老头儿手里左右摇晃，上下翻飞，眨眼工夫，就成了鞭杆一样粗细的树枝儿，顺着树枝儿还一个劲儿地流油。老头儿的这一招，使巨人更加害怕了，忙说："咱们不比力气了，换一换别的比吧！"

老头儿说："行呐！咱们不比力气，比汗毛吧，看谁的汗毛粗，还长？"

巨人一听，高兴了。他想：我身材高大，又正当壮年，汗毛肯定又粗又长；他一个小老头儿的汗毛，怎么能跟我比，这次肯定我赢了！想着，从胳膊窝里拔下一根汗毛来，在老头儿面前炫耀。老头儿一看，巨人的汗毛到不是太粗，但却有一拃多长，说："看你枉自长成个傻大个儿，没力气不说，连汗毛都这么又细又短！你看看我的！"说着，把早就揣在怀里的马尾毛取出来给巨人。

巨人见到马尾，彻底软下去了，心想：没想到他连汗毛都这么粗这么长，看来我是惹不起他的，弄不好他还会杀了我！想到这儿，他忙对老头儿说："人间的大英雄，看来，您不光比我力气大，各方面我都敌不过您，我认输了。从今天起，您提出什么要求，只要我能办到，我一定给您办好。这些年来，我积蓄了些财产，您想要多少，我就给您多少！"嘴上这样说着，心里可想着快些离开这个可怕的老头儿。

老头儿知道巨人已经完全没有胆量了，不过，他还是对巨人说："我的事好说，只是向汗王不大好交代。你不知道我是奉汗王的旨意来找你的。汗王命令我来取你的肋骨，他一定要你的肋骨做锛子的把！"

巨人一听,吓坏了,急忙乞求老头儿:"啊,英雄大人! 求求您,只要您饶我一命,您要什么,我给您什么!"

老头儿像是在考虑什么,停了一会儿,才说:"好吧,我答应你的请求。你先把抢来做你妻子的那个女人放了,给她些财产,让她回家。然后,你扛一大口袋金子,把金子送到我家里去。我这就去给汗王说,请汗王用别的巨人的肋骨做锛子的把。"说完,就先走了。

路上,老头儿没有停留,急忙赶回家去对他的老伴儿说:"一会儿,有个巨人要来我们家送金子。他来后,我让你烧茶煮肉,你就说:'肉不够。'我说:'肉不够,就煮这个巨人的!'你不要怕,拿起刀就去砍来的这个巨人。这样他会因为怕死,溜掉的。"

老头儿的话,老太婆有些半信半疑,还想多问老头儿几句,这时那个巨人扛着一大口袋金子,气喘吁吁地来了。老头儿把巨人引进毡房,让他把金子放到指定的地方,请他坐在上座。然后叫老伴儿快出去烧茶煮肉,一面对巨人说:"你看,我刚从汗王那儿回来,他不同意换别的巨人的肋骨,说是他们的肋骨太软。我本想再给汗王说说,说你的骨头也不硬,但是,怕你来了找不到我家,就先回来了。今晚你就住在我家,明天我同你一起去求汗王。"接着,又到毡房外催老伴儿,"你还愣在那儿干什么,不是叫你煮肉吗?"

老太婆总有些心虚,好一阵才说:"家,家里的肉不多了。"

老头儿立即生起气来,大声质问老太婆:"你胡说什么,那么多肉一下子你都吃完了吗? 上回宰的那个巨人的胸脯肉不是还放着吗,你不能先煮上吗?!"

老太婆还是有些胆怯，吭吭哧哧地说："那，那肉也，也太少，不够吃一顿。"

老头儿更生气了，骂起老太婆来："你这个愚蠢的老婆子，真是个死脑筋！肉不够，你不会把刚才扛金子来的那个巨人的头，砍下来炖在一起吗！"

巨人刚才听说让他明天一起去见汗王，就有些坐不住，怕老头儿骗他，想快快离开这个不知深浅的老头儿。现在听到老头儿骂老太婆的话，当下就慌了，"噌"的一声蹿起来，冲出毡房就跑。老太婆在毡房外见巨人跑了，高兴起来，提着砍刀在巨人后面，又是跺脚，又是高喊："哎，你怎么啦？别急着走哇，我正给你煮肉呐！"

巨人根本没有听清老太婆的喊叫，只顾拼命地向前跑。路上，他碰到常偷吃老头儿山羊的那只恶狼。恶狼叫住巨人，问他："哎，老兄！你急急忙忙不要命地跑，为什么呀？是不是遇到什么强大的敌人了？我看你后面没什么东西嘛！"

巨人听后停下来，把发生的事情告诉狼。狼听后对巨人说："哎，我说巨人大哥，你不是跟我开玩笑吧！凭你的力气和块头，谁相信你会被那个弱不禁风的干瘪老头儿吓成这个样子！不是老弟我吹牛，我每天都要拿那个老头儿的一只山羊来填饱肚子，他知道了连吭都不敢吭一声。不信你跟我走，我替你要回你的那一口袋金子！"

狼的一番话，巨人动了心，跟着狼又向老头儿家走去。他们刚爬上老头儿家对面的山头，站在家门前劈柴的老头儿，看见他们了。一见他们，老头儿想：这只可恶的恶狼，肯定把我的底细抖给巨人了，如今又

引着巨人来想找我的麻烦，我非得想个办法惩治这个可恶的家伙不可！想到这里，脑子一转，等他们快走到跟前时，像刚发现他们似的，埋怨起狼来，说："好哇，你这个不讲信用的家伙！你吃了我十几只山羊，答应给我领五个巨人来抵账。我等了你好几天，你怎么到今天才送一个来，这个家伙还是刚从我这儿逃走的！"

巨人一听老头儿的话，觉得自己被狼骗了，狠狠地对狼吼道："好哇！你这个狡诈的家伙，原来你领我来，是骗我来抵你的账呀！"说完，抓住狼的尾巴，把狼狠狠地往石头上一扔，摔死了狼，然后扭头自己逃跑了。

从此，巨人再不敢在这一带露面。就这样，聪明的老头儿，靠自己的聪明智慧，战胜了巨人和恶狼，过上了宁静的日子。

失踪的公主

从前,有个汗王,他只有一个独生女儿。这个汗王十分疼爱自己的独生女儿,到哪儿都带着她。一次,汗王要去邻国做客,不便带着女儿,将女儿留在了家里。

汗王走后,他的汗国来了一艘世上罕见的金色大船。人们对这艘从未见过的大船很是稀奇,都去观看。汗王的独生女儿也去看稀罕,她一去就再没有回来。那艘稀罕的大船把她带走了。汗王回来,发现独生女儿失踪了,非常着急,一时间不知该怎么办才好,于是,向全体臣民发出公告:"谁找回来我的独生女儿,我就把我的女儿嫁给他!"

公告一发出,立即引起全体臣民的关注,然而,过了好些天,只见人们纷纷议论,却不见一个人来承诺愿去找回汗王的独生女儿。汗王更急了,再次公告全体臣民:"谁找回我的独生女儿,除把女儿嫁给他以外,还把我汗王的宝座也让给他!"

新公告发出的第二天，一个外乡青年来对汗王说："汗王陛下，请您给我十个人和一只船，我为您找回您的独生女儿。"

"只要你能把我的独生女儿找回来，我可以给你你需要的任何东西！"汗王说。

小伙子当天就带着汗王给的十个人上船出发了。他们没有给船定航向，让船在海上任意漂流。几天后，他们的船漂到一个海岛。小伙子和他带来的人上了岛。他们在岛上转了一圈，发现了一间没人住的空房子。小伙子打发手下的十个人，分头去仔细寻找公主，自己则留在空屋里守候，小伙子手下的人走后不久，从外面进来一个身高只有一拃，胡子却有四十拃的老头儿。小伙子见老头儿进来，忙向他表示问候，同时向老头儿打听公主的下落。老头儿看样子知道公主在哪里，但他提出要同小伙子比赛摔跤，说如果小伙子赢了，他可以告诉小伙子，公主在什么地方；但如果小伙子输了，就要杀了小伙子。这算什么比赛？但小伙子为了找到公主，还是同意和老头儿比。他们拉开场子，摔打了整整两天两夜，最后，老头儿摔不过小伙子，说出了公主所在的地方。小伙子看出这个怪老头儿不是什么好人，等老头儿说出公主所在的地方后，当即杀了老头儿。

第二天，小伙子派出去的十个人，没有找到公主，陆陆续续回来了。小伙子等他们都回来后，带着他们按老头儿说的地方再去寻找公主。公主被关在七层地底下的一个地洞里，地洞有四十尺深。他们照老头儿说的办法，来到七层地底下那个地洞口，小伙子对他手下的十个人说："你们都在洞口等着，我一个人缒下洞去。你们等我三天，三天后，如果不见我回来，你们就不要等我了，按原路回去吧！"

小伙子下到地洞底，见洞底一望无际，好像是另一个世界。他沿着脚下的路往前走，走着走着，不觉走到一座规模宏伟的宫殿前。小伙子走进宫殿，宫殿里有四十一道门，每道门通着一间屋子。他一间间地打开了四十间屋的门，见屋里各样陈设都十分讲究，可又都不像是有人住的样子。最后，他打开了第四十一间屋的大门。大门一开，满屋耀眼的光芒直射出来，让人难以睁开两眼。好一阵子以后，小伙子才看清，屋里绑着一个比太阳和月亮更加耀眼、柔媚的美丽的姑娘。小伙子一问姑娘，姑娘正是他要寻找的，汗王失踪的独生女儿。

原来公主被那艘稀罕的大船带到这个岛后，就交给了岛上一个身高只有一拃的小老头儿。小老头儿不知道使了什么妖术，让公主昏昏沉沉的就被带到现在的这间屋里。起初，小老头儿对公主也还不错，给公主最好的饮食，也让公主在房间外面自由走动。后来，小老头儿提出要公主嫁给他，公主不同意，还要他马上送自己回去，他怕公主逃跑，就把公主捆了起来。

小伙子知道了公主的情况后，告诉公主，自己是受汗王的托付专程来找她的，那个捆她的小老头儿，已经被自己杀死了，请公主放心。随即带着公主到他缒下来的洞底，让他手下留在洞口等他的人，先把公主拉上去，然后再把绳子缒下来拉他。

他手下的人把公主拉上去后，见公主那么漂亮，一个个全都着了迷，再不往地洞里缒绳子，就带着公主回船上去了。路上，他们不断威胁公主，要公主回去对汗王说是他们救的她，不然就要杀死公主。公主

一时想不出对付这十个壮汉子的办法,只好暂时答应了他们。

再说在地洞底下等着他手下的人缒绳子下来的小伙子,半天不见绳子缒下来,估计他手下那帮家伙起坏心了。但四十尺深的地洞,没有上面缒绳子下来拉,是根本上不去的。小伙子没法,只得到别的地方找出去的路。

小伙子在洞底世界转了很久,最后来到一间锁着门的房子跟前。他打开门一看,只见三只小鸟,很凄惨地叫着在屋里乱飞,地上一条有着七个脑袋的大蛇,正昂头吐信,戏要着那三只可怜的小鸟,随时可能吃掉它们。小伙子太心疼那三只可怜的小鸟了,也太可恨那条凶残的大蛇了。他不顾一切,拔出佩刀,猛地砍向大蛇。大蛇毫无防备,被小伙子一刀削去了大半个脑袋,死在屋里。三只小鸟得救了,它们飞落下来,不停地望着小伙子鸣叫,像是在对他表示感谢。这时,突然刮起了狂风,下起了暴雨。风雨过后,房子外面落下一只高大无比的黑鹰。原来刚才的狂风暴雨,是这只黑鹰带来的。黑鹰一落下来,屋里那三只小鸟立即扑上去,唧唧喳喳地对着黑鹰直叫,像是在对黑鹰说什么。一会儿,黑鹰忽然抬起头来,对小伙子说起了人话,它说:"哎,人!谢谢您救了我的孩子!您有什么要求,我可以满足您,您不要客气,只管提出来!"

小伙子说:"如果可以,请您把我送到地面上去!"

黑鹰说:"完全可以!你们人类不是常说'好事应该用好事来报答'吗?您给我做了这么大的好事,我怎么不可以送您一程呢!"说完,让小伙子骑上它的脊背,把小伙子送回了地面。

　　小伙子回到地面后,装成个要饭的,又来到汗王的国家。这时,汗王正按当时公告的承诺,准备把独生女儿,嫁给小伙子手下那十个人中的老大。汗王已经为新婚的女儿,举办了三十天喜宴,即将举行四十天婚礼。小伙子知道了这些情况,设法混进参加婚礼的人群中去见公主。公主从参加婚礼的人群中,一下子就认出了真正救自己的小伙子,忙去对自己的父王说:"父王!真正把我从地洞里救出来的,不是你派去的那十个人,而是这个小伙子!"接着,讲了自己如何被身高一拃的小老头儿抓去,后来如何被小伙子解救,和那十个人如何威胁她的全部经历。

　　汗王听了女儿的讲述,知道了事情的全部真相,立即下令惩罚了那十个黑心的家伙,按自己曾经许下的诺言,把自己的独生女儿嫁给找回女儿的勇敢的小伙子,并把自己汗王的宝座让给小伙子。同时宣布重新为这对年轻人举行隆重的婚庆活动:办四十天婚礼,摆四十天喜宴,邀请远近亲朋和整个草原的头面人物前来参加!

铁匠的三个儿子

从前,有个穷铁匠,他有三个儿子。铁匠虽然家境贫寒,却尽力省出钱来让自己的孩子读书、学艺。三个孩子没辜负老父亲的希望,在老大二十岁,老三十六岁的年龄,他们已经学得了一身本领。射箭、摔跤、擒拿、纵跳无所不会,刀法、剑术更是精通;至于文才,除去书上说的,他们还通晓许多来自生活的知识。加上他们从小跟着铁匠,抡锤打铁,一个个身强体壮,力大无穷。穷铁匠有这样三个小伙子的帮衬,生活一天天的好过起来。日子好过了,孩子也长大了,老铁匠就想着要给儿子们提亲娶媳妇了。

铁匠的小儿子,知道了父亲的心事,找他两个哥哥商量,说:"父亲有意要给大哥提亲娶媳妇。可我们兄弟仨空学了各种本事,除了帮一帮父亲抡锤打铁外,再没有一次用过我们的才能。我们应该向父亲请求,让我们到外地历练历练。三月两月,时间太长,父亲没人照顾,十天半月，我想是能离开的。"

两个哥哥赞同弟弟的意见，决定由弟弟去向父亲提出请求。当天，老三就去对父亲说："爸爸！眼下我们兄弟三个都已经长大成人，为了感谢您多年的辛苦操劳和教养，照说我们应该早一点成家，好让您的儿媳们来替您料理家务。只是我们这些年在您的关怀教育下，虽然学得了一身本领，无论文武，好像都不比别人差，但却从没有离开过这个家。除去我们这个阿吾勒的人，再没见过什么世面。趁现在您老身体健康，我们哥儿仨想到外面去走走，见识见识外面的世界。最多十天半月，我们一定回来。希望您能同意我们的请求！"

老铁匠听孩子说得在理，也想让孩子们出去历练历练，但孩子们从未离开过自己，总有些不放心。最后，他还是同意了孩子们的请求，说："我同意你们的要求，你们可以到外地去游历游历，看看外面的世界，也增长一些你们的知识。不过，你们出门在外，而且是第一次出门，一定要多加小心。外面的世界，十分光彩绚丽，但也多虎豹豺狼。强盗、小偷，那更是随处可见。所以你们必须时时留意，处处提防。在戈壁荒野，夜间尤其要看守好你们的马匹。最要紧的是，你们出去，不能超过你们自己说定的，最多半个月的时间。一定要按时返回！"

老三见父亲同意了他们的请求，忙告诉两个哥哥。兄弟三个再次向父亲做了保证，随即开始了出游的准备。他们首先为老铁匠准备好足够的柴火和干肉，然后准备他们上路的干粮、各自的马匹、盔甲、弓箭、佩剑和宝刀。一切准备好以后，哥儿仨头戴铁盔，身穿铁甲，背背弓箭，腰佩宝刀，带上干粮，跨上快马，告别父亲上了路。

　　路上,他们一天就赶了好几天的行程。傍晚,他们来到一片茂密的芦苇滩住宿。这头一天在野地里住宿,老大决定让两个弟弟睡觉,自己守夜看东西。半夜,老大忽然听到惊天动地的一声虎啸。听到这惊人的虎啸,老大忙抽出佩剑向虎啸的方向望去,月光下,只见一只高大的猛虎,正扑向他们的坐骑。见此情况,老大顾不得叫醒两个弟弟,紧握手中的利剑,一纵身就向猛虎刺去。说时迟,那时快,他这一刺,正中猛虎的咽喉。老大本就力大无比,这一纵身扑去,连人带剑从天而降,那力量更是加了一倍;老虎还没有醒过事来,连呻吟一声都没有来得及,就断了气。刺死了猛虎,老大从虎头到虎尾剥下一条二指宽的虎皮来,装到自己的褡裢里,继续守护着睡得正香甜的两个兄弟和他们哥儿仨的马匹、干粮。他没有把刚才发生的事,告诉两个兄弟。

　　第二天,哥儿仨继续上路,老大还是没有提说昨天半夜发生的事。他们像昨天一样赶路。傍晚,他们来到一片大森林,决定在这片林子里过夜。今晚该老二守夜了,他让哥哥、弟弟放心睡觉,自己全副武装守卫着他们。半夜,森林里传出一种叫人毛骨悚然的嘶嘶声。听到这个嘶嘶的声音,老二想:"这是什么声音,这么可怕?"他正想着,森林里一块巨石上突然出现了一条又粗又长的蟒蛇。蟒蛇缓缓地向他们爬过来,一闪一闪地吐着信子,看样子是要吞噬他们。听到这瘆人的嘶声,见到这更吓人的巨蟒,老二没有丝毫畏缩,悄悄闪到巨蟒身后,猛地挥动宝刀,一刀砍下了巨蟒的头。砍死巨蟒以后,老二从蟒身上剥下二指宽一条蟒皮来,装进自己的褡裢。他也像老大一样,没有把刚才发生的事情告诉哥哥和弟弟。

第三天,兄弟三人继续上路。这一天,他们在荒野里走了很长的路,天都快黑尽了,也没能走出荒野。他们只好在荒野上过夜了。这天夜晚,该轮到老三守夜了,两个哥哥担心他年纪小,爱睡觉,不想让他守。可老三坚持要同两个哥哥一样守夜。老大老二没有办法,只得同意了,不过还是找了些柴火来,给老三弄了一堆火。老三一个人在火堆旁坐着守夜,暖洋洋的,没多久不知不觉地就睡着了。等他被荒野上的冷风吹醒,发现火已经熄了。他正不好意思叫醒哥哥要火石重新生火,发现荒野深处好像有火光,决定过去看看。不一会儿,他快到火光跟前,发现前面不止一个火堆。他向火堆靠得更近一些,发现每个火堆周围都有人在活动,附近还拴着不少鞴好鞍的马匹。老三不想知道这些人是干什么的,只打算讨个火种快快回去。就在他还没走近那伙人之前,那伙人已快马来到他跟前围住了他。他们中为首的一个壮汉,对老三说:"听着,年轻人! 快把这儿汗王和王宫的情况告诉我们,不然我们就杀了你!"

老三不明白他的意思,说:"哎,大哥! 你是不是搞错了,什么汗王、王宫的,我啥也不知道! 我路过这儿,是来讨火种的。"

那领头的知道自己弄错了,但他又说:"不管你是讨火的,还是讨水的,既然见了我们,别想就这么就走了! 你不知道汗王和王宫的情况,那我问你,你有什么本事?"

老三只想要了火种快回到哥哥们睡觉的地方,就说:"我什么本事都没有。"

那些人不相信老三的话,挥动手中的武器要杀老三。老三一纵身

躲开了他们,同时顺手夺下他们快砍到自己的两把砍刀。那领头的壮汉从老三的一纵身,看出老三不同寻常的身手,忙喊住大家,然后仍对老三说:"哎,小兄弟! 不是我们不给你火种。我们知道你不是汗王的人,那我们就是朋友。我们的大王看上了汗王的公主,我们正要去汗王的宫里替我们大王娶公主,顺便拿些值钱的珍宝。只是听说王宫的墙又高又厚,很难进去。看小兄弟弹跳的功夫不错,你就入我们的伙一起去吧,我们不会亏待你的。不过,如果你不同意,因为你已经知道了我们,我们是不会放过你的! "

　　老三知道自己遇到了一帮强盗,决定要除掉这伙危害群众的匪徒,说:"我同意与你们一起去王宫。只是我能帮你们做什么呢? "

　　那些人听老三说同意与他们一起去王宫,非常高兴。他们中领头的壮汉,对老三说:"一会儿到王宫后,你带着绳子先跳上宫墙,然后把我们一个个拽上去。在我们抢公主和拿珍宝的时候,宫廷的卫士肯定会来阻止我们,你尽力挥刀帮我们杀退卫士们。我们抢出公主和财宝后,少不了你的好处的。"说完,给了老三一匹快马和一根大绳,让老三加入他们的马队上了路。

　　不一会儿,他们到了一个非常宏伟的王宫前。这个王宫,大到一眼望不到边。王宫里还有不少宫殿。这些宫殿的墙,少说也有一套绳高,整个王宫的宫墙那就更高了。王宫的大门紧闭着,看起来又厚又重,大门两边分列着两队全副武装的守门卫士,谁要想不经允许硬闯入王宫,可以说是绝不可能的。他们找了一处远离宫门的地方停下来,老三手提宝刀和大绳,一纵身跳上了高高的宫墙。上墙以后,他把大绳的一头扔到宫墙下,把等在墙根的那四十一个强盗,一个一个的拉上宫墙。他拉上来一个,就砍死一个;拉上来一个,就砍死一个,不一会儿,把四十一个强盗全都砍死了。

老三杀完这伙强盗,把他们的尸体扔在宫里,一个人来到王宫的大门。可能因为王宫大门外面有成队全副武装的卫士把守,大门里面只有一个满头白发的老头儿看门。老头儿这时正坐在门槛上打瞌睡,他的身上挂着王宫里各个宫殿,各个房间的钥匙。老三轻脚轻手的走到老头儿身边,悄悄取下老头儿身上挂的钥匙,老头儿一点儿都没发觉。

老三拿到钥匙后,把王宫里大大小小的宫殿和宫殿里每个房间都转了个遍。在第一个宫殿里,老三看见宫殿的几十个房间里,有十几个非常漂亮的姑娘正在酣睡。老三把其中最漂亮的一个姑娘手上的戒指,悄悄取下来藏在自己的衣袋里,离开了这个宫殿。随后,他又去到另一个宫殿,在这个宫殿里,他也发现十几个非常漂亮的姑娘正在酣睡。同样,老三也把其中最漂亮的一个姑娘手上的戒指,悄悄取下来放在自己的衣袋里,离开了这个宫殿。离开了这里,老三进了第三个宫殿。这个宫殿,比前面两个宫殿更加富丽堂皇,原来这是公主住的地方。老三见睡得正香甜的公主,比他前面见到的所有漂亮姑娘都更加年轻漂亮。说她像太阳,她比太阳柔和;说她像月亮,她比月亮艳丽。老三一见公主,就爱上了她,但老三不忍心叫醒酣睡中的公主,只悄悄取下了公主的耳环,离开了公主。这时,东方已快发白,老三忙到王宫大门前,将王宫里各宫殿、房间的钥匙,原挂到还在熟睡的看门老头儿身上,然后跳过宫墙,回到他两个哥哥跟前。这天晚上发生的事情,老三

也没有告诉他两个哥哥。

第二天,他们准备上路时,老三对两个哥哥说:"昨天晚上,我听几个上路的人说,这儿的汗王十分好客,他的王宫也非常宏伟壮丽,而且就在前面不远。我们去拜见一下那位好客的汗王,观光一下他壮丽的王宫,怎么样?"

兄弟三个出来的目的,本就是经世面,长见识,两个哥哥听老三一说,十分高兴,都同意去拜见观光。他们来到王宫大门前,说明他们希望拜见汗王。卫士们见三个全身盔甲,威风凛凛的年轻人要求拜见汗王,忙去向汗王禀报。汗王本来就热情好客,听说有三个全副武装的外地青年要求拜见,忙吩咐身边的一个大臣,说:"快替我去请他们进来,先好好招待他们,告诉他们我有重要事情需要处理,暂时不能接见他们,等我把手头的事处理完之后,我会专门召见他们的!"

汗王所说的需要处理的重要事情,一是昨天有人来报,说是汗国内前些时候出现的,伤害了许多百姓的一只猛虎和一条巨蟒,不知被哪位英雄杀死了;二是今天一早,汗王又得到报告,说是长年危害汗国百姓安宁的一伙强盗,昨天夜里被杀死在王宫里。是哪位英雄除掉的这伙作恶多端的匪徒?这两起除暴事件,是一位英雄干的,还是几位英雄所为?这位英雄现在在什么地方?百姓们要求尽快找到这位了不起的英雄,并给予重赏。汗王一向办事公正,关心百姓,汗国出了这样的大好事,就是百姓没要求,他也会找到这位英雄给予重赏,如今百姓强烈要求,汗王更是希望尽快找到了。他得到这两个报告,就召集大臣们商量寻找英雄,到现在还没个结果。让汗王他们继续商量着吧,我们再说说那兄弟三个。

按照这个汗国的习俗和汗王的吩咐，三兄弟在大臣的安排下，受到了很好的款待。他们被迎进王宫，安排住在一个非常豪华的宫殿里，连他们的马，都被卫士们牵去拴在金马桩上。三兄弟一住下，宫女们就给他们送上来一盘盘各种好吃的食物，由接待他们的大臣，亲自陪同他们进餐。进餐的时候，老大拿起一个油馃子，刚咬了一口，就说："哎呀！这馃子是正来月经的女人炸的！"

老二这时正拿着一个苹果，听了老大的话，他咬下一口苹果后，也说："嗯，不对！结这个苹果的树底下，埋得有被打死的人！"

老三一听，尝了一小块羊肉，说："这只绵羊是吃狗奶长大的！"

接待他们的大臣，听到他们三弟兄的话，非常惊奇，忙派手下马上去把他们的话禀报汗王。汗王听后也很惊奇，立即派一个大臣去调查落实。大臣先去问炸油馃子的宫女，宫女承认自己正好这两天来月经，因为害羞没有给别人讲。

大臣又去问看果园的工匠，工匠说："正结果子的那几天，有两个人混进果园来偷果子。被抓住后，本想教训教训他们就放了。谁知一失手，就把他们给打死了。因为害怕，我没有告诉任何人，悄悄把他们埋在苹果树根下了。"

最后，大臣把牧羊工传来问他。牧羊工说："那只羊原来是一只瘦羊的羊羔，刚生下来母羊就死了，没有办法，我只好用狗奶子把它喂大。"

大臣把调查的结果报告汗王。汗王听后，感到这三个外地青年非同一般，猛虎、巨蟒和那一伙强盗是被谁杀的，他们一定知道。汗王本想

立即召见他们，但又想到像他们这类神仙一样的异人，召见他们不一定会有结果。于是让接待他们的大臣，更加热情地款待他们，除去好吃好喝，还邀他们参加各种游戏，总之让他们各方面都感到满意。只是在他们晚上休息的时候，让守夜的卫士注意听他们都说了些什么，听到什么，马上就来报告。

兄弟三个睡觉前，躺在床上闲聊，这时老三说："大哥、二哥！咱们从家里出来已经好几天了，父亲给我们定的回家的日子也快到了。我们是不是该相互说说，这些天里我们都经历了些什么，长了些什么见识，总结一下，回家以后我们好给父亲讲呀！"

两个哥哥同意老三的话。老大随即讲了他离家第一天晚上遭遇的事，同时从褡裢里取出那条虎脊皮皮带来给弟弟们看。两个弟弟称赞了一番大哥的勇武，认为这是一个不小的收获。接着老二就讲起他的经历，也从他的褡裢里，拿出他从巨蟒身上割下的那段蟒皮来，给老大和老三看。老大和老三也都赞赏老二的神威，认为老二的收获也不小。最后，老三讲了他昨天晚上所干的几件事情，然后从口袋里取出两个戒指和一副耳环来，说："戴这戒指的两个姑娘，我看都十分漂亮，两个哥哥是不是把她们娶了？戴这副耳环的姑娘，年龄小一些，让她嫁给我吧，你们看怎么样？"

两个哥哥听了弟弟的话，哈哈大笑起来，说："看你像是汗王似的，在这儿一个个的指婚。真正的汗王，会同意把他宫里的姑娘嫁给我们吗？"

老三说："我看这个汗王是个英明贤德的汗！明天他接见我们

时,会问起我们所经历的这些事的。他弄清了我们所做的这些事以后,会同意把姑娘嫁给我们的!如果我看错了他,他是一个分不清好歹的昏庸愚蠢的汗王,不答应把姑娘嫁给我们,我们也有力量把姑娘娶过来!"

守夜的卫士听到兄弟三个的谈话,慌忙去向汗王报告。汗王连夜把看守王宫大门的白发老头儿叫来,问他头天晚上看没看见什么,听没听到什么?老头儿见汗王连夜召见自己,不知道出了什么事,早就吓坏了。再一听汗王问他这两个问题,更是吓得直哆嗦,好一阵才哆哆嗦嗦地回答:"我,我,我一夜没……没有合眼。我,我,我没看,看见什么,也没有听到什么!"

汗王从老头儿回话的样子,和他说的"一夜没有合眼",就已经知道他不敢承认自己睡着了,不过也没有追究。汗王又叫来两个宫殿的姑娘和公主,两个宫殿的姑娘异口同声的回答:"睡觉的时候,戒指好好的戴在我手上,可是早上起床时,戒指却不见了!"公主也说:"是呀,昨晚睡觉的时候,我亲手戴在耳朵上的耳环,早上起来就不见了!"

汗王听了她们的话,一切全明白了。他想:看来这三个外地年轻人不仅见多识广,而且武艺超群,是既有文才,又有武功,能文能武的大英雄。这样的英雄,天下少有,如今来到我们身边,是老天给我们的恩赐,我们一定要设法留下他们!想到这里,他立即带领全体大臣,亲自到三兄弟住的地方看望他们,并请他们到王宫的议事大殿去,说有重要的事情要同他们商量。他们来到王宫里最大的议事宫殿入座后,汗王对三兄弟说:"三位大英雄光临汗国,我本该早日亲往迎接。前两天

我不知道三位光临,昨天三位到了我的王宫,又正逢我在处理汗国的重大事务。现在事情已经有些眉目,想请三位英雄帮忙证实一下。"随即将猛虎、巨蟒和强盗被杀的事说出来,请三兄弟帮他找到这位为民除害的大英雄。

三兄弟听汗王的话十分诚恳,两个哥哥当即从各自的褡裢里取出虎皮皮带和蟒皮皮带来送给汗王,同时讲了他们杀死猛虎、巨蟒的经过。接着,老三也从衣袋里取出两个戒指和一副耳环来,给汗王讲了他杀死那四十一个强盗和取得戒指、耳环的过程,并把戒指、耳环送给汗王,同时表达了他兄弟三人对三个姑娘的爱慕,请汗王替他们向三个姑娘的父母提亲。汗王听了三兄弟的介绍,见了三兄弟给他的虎皮皮带、蟒皮皮带和戒指、耳环,特别是他们请他代为提亲,心中大喜,忙说:"原来汗国这几天发生的几件大事,真是这三位英雄所为!你们为汗国百姓除了几大祸害,汗国全体臣民早就强烈要求好好感谢你们。怎么感谢为民除害的英雄,这两天,我和大臣们一直在商量办法。如今你们提出来,希望我替你们向三个姑娘的父母说亲。正好,我也正想把我两位大臣美丽的姑娘,也就是你们已得到她们戒指的那两个最漂亮的姑娘,嫁给你们中年龄较大的两位;把我的独生女儿,也就是你们已得到她耳环的那个姑娘,嫁给你们中最小的一位,因为我女儿比起来年龄也最小。现在你们也提出来了,那就这样决定了吧!此外,我还想向三位英雄提出,希望你们能够留下来,帮助我治理我的汗国。我的这点要求,希望三位英雄不要拒绝!"

三兄弟听了汗王的话,感到他的话的确十分诚恳,特别是决定把三个姑娘嫁给他们，大为兴奋。只是汗王要他们留在这儿的要求，虽说也很恳切，但想到父亲的叮嘱，有些犯难。他们商量了一会儿，还是由老三代表他们哥儿仨，说："汗王陛下指定的婚事，我们非常满意，也非常感谢。我们回家禀告父亲以后，很快就来迎亲。汗王要我们留下来的事，我们得回家听父亲的意见。不过我们回去一定会把陛下恳切的要求，如实向父亲禀告。请陛下相信我们！"

汗王非常高兴三兄弟接受了他决定的婚事，也赞扬了他们对父亲的尊重，同意他们先回家禀告父亲以后再定留在汗国的事。

三天以后，三兄弟按老铁匠给他们定的时间回到了家。到家后，哥儿仨把他们外出这些天的见闻和作为，特别是汗王的许婚和希望他们留在汗国协助治理的事，告诉给老铁匠。老铁匠很满意三兄弟外出这些天的作为和收获，不但应允了儿子们的婚事，还答应他们去协助汗王。就这样，老铁匠的三个儿子娶了汗国两个大臣漂亮的女儿和汗王唯一的更加漂亮的公主，留在那里协助汗王治理着强大的汗国，让汗国的百姓过上了和平、幸福的生活。不久，汗王感到自己的女婿文治武功都大大超过了自己，决定把汗位让给了自己的女婿。于是老三作了这个汗国的汗王，在两个哥哥的帮助下，与众多大臣同心协力，把整个汗国治理得更加富强。

勇士哈拉巴依

　　从前,有个名叫哈拉巴依的勇士,他是一个闻名草原的神枪手。一年四季,哈拉巴依都在草原上打猎,很少回家。他家里还有继母和一个妹妹,他也很少顾及她们,只是过一段时间打的猎物多了,才带上猎物回家去看看。

　　一天,哈拉巴依带上猎物回家,发现离家门前不远的井边躺着一个妖怪。妖怪的头有锅那么大,两只眼睛像两只大碗,两只耳朵像两张大羊皮。哈拉巴依见妖怪躺在自己家门前不远的井边,知道它肯定不怀好意,正要举枪打杀这个妖怪,妖怪早有准备,已向他扑了过来。哈拉巴依只好与妖怪摔打起来。他们两个扭在一起摔跤,不一会儿,平地就被他们踏出来一个好大好大的大坑。他们摔了几天几夜,扬起的尘土使整个天空都昏暗无光。最后,哈拉巴依终于打败了妖怪,把妖怪扔到深井里,又用毡房大的一块石头盖住井口。

　　盖好井口后,哈拉巴依回家对继母和妹妹说:"我不在家时,你们千万不要到盖着石头的深井边去!"说完,哈拉巴依就睡觉了。

　　第二天,哈拉巴依照往常一样,又出外打猎去了。他走后,他继母和妹妹想起哈拉巴依昨天再三叮嘱的话,十分奇怪,为什么不要我们到深井边去?井里有什么东西?她们越想越觉得好奇,非要去看一看,那井里到底有什么东西。她们去到深井边,推开了盖着深井的石头,看见了井底的妖怪。妖怪见到她们母女,知道她们一年到头待在家里,周围没有一个交往的人,心里常常感到十分寂寞、苦闷,忙向她们乞求,说:"你们把我救出去吧,救我出去后,我愿意永远和你们交朋友,陪伴你们!"

　　哈拉巴依的继母和妹妹听妖怪说救它出来后愿意和她们交朋友,十分高兴,压根没顾上再想别的,忙从家里拿来绳子,把妖怪拉出了深井。妖怪被救出来后,真的同母女俩交了朋友,同吃同住,有说有笑,母女俩感到十分开心。只是妖怪不知道哈拉巴依什么时候回来,有些顾虑。时间一长,母女俩发觉妖怪陪她们玩耍,总是不十分尽兴,对妖怪有些埋怨。妖怪也觉得整天担心哈拉巴依突然回来,提心吊胆地过日子,不是个办法,于是对母女俩说:"你们想办法把哈拉巴依除掉吧,这样我们就可以自由自在地过欢快的日子了!"

　　她们说:"哎,你这不是说笑话吗?你一个大英雄都打不过他,我们怎么能除得了他!"

　　妖怪一本正经地说:"我不是说笑话!办法是有的,就看你们愿不愿办了!"

她们一听,忙问:"什么办法?"

妖怪对哈拉巴依的继母说:"你是哈拉巴依的母亲,哈拉巴依会听你的话的。哈拉巴依下次回来,你装病躺下对他说:'我的病,听说有头青牛的肉能治好。你去给我找来那头青牛的肉!'哈拉巴依找到那头青牛,青牛可是力大无比,肯定会弄死他。如果他找回来青牛肉,你就让他先尝尝。青牛肉毒性很大,只要他一尝,准会被毒死。"

一天,哈拉巴依拖着猎物回来了。他继母见他回来,忙躺在床上装着病重的样子,对他说:"你可回来了,快去给我找来远方一头青牛的肉。我的病,听说只有吃了那头青牛的肉才能治好。你要是找不来那头青牛的肉,我就只好等死了。"

哈拉巴依相信了继母的话,立即上路去找青牛。他上路,要经过岳父的家。他岳父是一个知识渊博而又通晓法术的长者,知道他去找青牛肉的事后,对他说:"你为了母亲的病急着赶路,我不留你,不过回来的时候一定得在我这里住一夜!"

哈拉巴依答应了岳父的要求,匆匆上路了。他在路上走了整整一个月,终于找到了所说的那头青牛。青牛见哈拉巴依举着宝剑向它走来,像是知道了什么,一低头就向哈拉巴依冲了过去。哈拉巴依与青牛斗开了。青牛着实厉害,不仅力大无穷,而且动作敏捷。他们斗了几天几夜,青牛终于吃不住了,准备逃跑。哈拉巴依怎么能让它就此跑掉,在它扭头飞逃的瞬间,哈拉巴依向它扔出了手中的宝剑。青牛的后腿被宝剑砍下来一大块肉,不过它还是跑掉了。哈拉巴依见砍下来一大块青牛肉,也就没再追赶青牛,只是提上青牛肉往回走。路过他岳父的家时,哈拉巴依照来时答应的住在了岳父的家。晚上,哈拉巴依睡着后,他岳父把他的青牛肉换成了黄牛肉。几天后,哈拉巴依赶到家,煮好牛肉送给继母。这时,他继母却一定要他先尝一尝。哈拉巴依不知道继母是什么意思,又不好细问,只得先吃了一大块。一直躲在毡房后面的妖怪,见哈拉巴依吃下一大块"青牛肉"没有死,非常惊奇。不过,它并不死心,又偷偷给哈拉巴依的继母出了个坏点子。

第二天,哈拉巴依的继母把他叫去,对他说:"你找回来的青牛肉,不知为什么,我吃了不仅没能治好我的病,我的病反倒加重了。我曾经听说有个叫库克赛的妖婆,她有一头特别的奶牛,那头牛的奶子喝了能医百病。如果你不想你的母亲死掉,你就去给我拿一罐子那头牛的奶子来。我想我喝了那头牛的奶子,我的病一定会好的。"

哈拉巴依听了继母的话,没有说什么,立即上路去找库克赛。他上路,还是要经过他岳父的家。他岳父知道他要去找库克赛要她的牛奶的事以后,还是对他说:"你急着赶路,就先去吧,祝你一切顺利!只是回来的时候,一定得在我这儿住一夜!"

哈拉巴依答应了岳父的要求,又上路了。他在路上又走了整整一个月,受尽了各种辛苦,终于找到了库克赛妖婆的家。库克赛妖婆有九个儿子,他们一个比一个肥胖,也一个比一个懒惰。他们每天只把那头特别的奶牛牵来,挤一大锅奶子,然后就睡在锅边喝奶子。喝饱了就睡,睡醒了又喝。哈拉巴依趁库克赛妖婆的九个儿子睡觉时,悄悄走到装奶子的大锅跟前,盛好一罐奶子准备离开。这时库克赛妖婆的九个儿子突然醒了。哈拉巴依见他们醒了,为避免与他们搏斗、纠缠,忙提

上奶罐子蹿出房去。他的行动非常敏捷,眨眼工夫已蹿到了外面,可是库克赛妖婆的胖儿子们还是发现了他。哈拉巴依见他们还是发现了自己,看来一场恶斗是难免了了,忙拔出宝剑准备战斗。可是,这时他却只听见他们的喊声:"有人偷奶子,快起来!"

"老三,你快去追!"

"为啥叫我去?"

"从你身边跑出去的,你不去谁去!"

"也是从老四身边出去的!"

"你是老大,该你去!"

"老八年轻,你去!"

"老九更年轻……"

……

妖婆的胖儿子们互相推诿,谁也没有追出来。哈拉巴依不见他们出来,提着奶子走了。他往回走了一个月,到了他岳父的家。晚上,他岳父又把他从妖婆那儿拿来的奶子换了。第二天,哈拉巴依提着奶子回到家,准备马上把奶子煮给继母喝,可是他继母却说她现在不想喝,让他把奶子放下明天再煮。这天晚上妖怪偷偷溜进来对奶子施了一通魔法,然后悄悄对哈拉巴依的继母说:"我已经给库克赛妖婆那头奶牛的奶子施了魔法,你明天让哈拉巴依先尝一下。只要他尝一口,他就会死。"

第二天,哈拉巴依给继母煮好奶子,他继母说看样子有些烫,要他先尝一尝。哈拉巴依喝了两口,他继母见他没事,又借口自己喝不了这么多,让他再喝一些。哈拉巴依又喝了几口,还是没事。妖怪在毡房外见哈拉巴依一连喝了好几口,也没有死,非常惊奇。它哪里知道它施了半天魔法的奶子,已经被哈拉巴依的岳父换了,根本不是妖婆那头奶牛的奶子,它施的魔法没有一点作用。妖怪的诡计又失败了。不过,它还是不死心,它又对哈拉巴依的妹妹说:"你不是想和我过开心的日子吗,那就在你哥哥脱衣服的时候,看看他身上的肌肉是不是饱满,如果他身上没什么肌肉,你就快来告诉我。他身上没有肌肉,也就没有力量,我和他摔跤就能把他摔倒。摔倒了他,把他除掉,我就可以让你永远过上开心的日子了。"

哈拉巴依的妹妹第二天偷偷去告诉妖怪,说:"昨天晚上,我见我哥哥身上没什么肌肉,他瘦得只剩一把骨头了,好像风都能把他吹倒。"

妖怪听了,马上跑去与哈拉巴依摔打起来。不过,哈拉巴依并不像他妹妹说的那样,风都能吹倒。他们摔打了很久,谁也没摔倒谁。这时,哈拉巴依喊他的妹妹:"妹妹!快在我的脚下撒些面粉,在妖怪的脚下撒些豌豆!"

哈拉巴依的妹妹听见哥哥那样说,却没按哥哥说的那样做,相反,她在妖怪的脚下撒了不少面粉,却在她哥哥的脚下撒了好多豌豆。哈拉巴依踩上豌豆滑倒了,妖怪立即压上哈拉巴依,同时用力掐住哈拉巴依的脖子,掐死了他。掐死哈拉巴依后,妖怪带走了哈拉巴依的继母和妹妹。

哈拉巴依被掐死后,他的身边只留下他的猎鹰和猎狗。猎鹰和猎狗商量一定要救活它们的主人。最后,它们决定:猎狗留下来看护哈拉

巴依的尸体,猎鹰去找哈拉巴依的岳父,请老人家来救哈拉巴依。老人家和他的女儿,也就是哈拉巴依的未婚妻被请来后,一看,哈拉巴依的一根肋骨没有了。猎鹰见哈拉巴依没了肋骨,非常生气,问猎狗是怎么回事?猎狗吭吭哧哧的吭哧了一阵,说:"这些天,我一直盯着哈拉巴依的尸体,连眼都没眨一下。今天早上,我实在困得不行,打了个盹儿,醒来他的一根肋骨就不见了。我也不知道是怎么回事?"

猎鹰说:"你都睡觉了,还有脸说不知道……"

哈拉巴依的岳父止住猎鹰,说:"你们不要吵了。大家先快在周围找找再说。"说完吩咐带来的人分头在四周寻找。

他们找了好一阵,什么也没找到,只见一只鹞子在他们头顶的高空盘旋。哈拉巴依的岳父见到这高空盘旋的鹞鹰,对猎鹰说:"看见高空盘旋的鹰没有?你去问它,看见谁拿哈拉巴依的肋骨了,拿到什么地方去了?"

猎鹰听说后,箭一样的升上高空,问那只鹞鹰,鹞鹰说:"早上,你的朋友打盹儿的时候,一只狐狸偷偷地偷了一根肋骨,藏到山那边阿吾勒的草堆里了。"

猎鹰把鹞子说的告诉了哈拉巴依的岳父,老人家当即叫哈拉巴依的未婚妻去找。哈拉巴依的未婚妻也是一个懂得法术更擅长医术的姑娘,她很快找回了哈拉巴依的肋骨。她把肋骨给哈拉巴依接好后,一拍哈拉巴依的肩膀,说:"哎,哈拉巴依,我来了!你还在这儿躺着干什么,快起来吧!"

哈拉巴依被他的未婚妻一拍,当即抬起了头,说:"哎,我怎么睡了这么久！那个妖怪呢？"说着站了起来，要去找妖怪继续摔打。

他未婚妻见他要走，忙说："妖怪已经带上你母亲和你妹妹走了几个月了。你如今身体很虚弱，怎么能再打斗？现在，你应该在家好好休息，等你的身体完全恢复后，再去也不晚。"

哈拉巴依没有听他未婚妻的劝告，坚持立即出发去找妖怪。勇士的决定，没人能改变。他的岳父知道那个妖怪如今已不比从前，它现在通过与人的结合，已练就了能变幻的法术。哈拉巴依就这样去与它打斗，是根本无法战胜它的。但哈拉巴依既已决定，他们也没法改变他的意志，只好传授他一些变幻的法术，送给他一匹能懂人的语言，而且还能变化的宝马让他上路。他骑上岳父送给他的宝马，在路上走了几个月，终于找到了那个妖怪藏身的阿吾勒。这天，他正在路上走着，突然迎面冲过来一峰公骆驼，看样子公骆驼是想把哈拉巴依闯下马。哈拉巴依知道这是妖怪放出来的，不等公骆驼冲到跟前，一扬手中的马鞭，一鞭子就把公骆驼打趴在地上了。公骆驼倒下后，哈拉巴依宰了公骆驼，吃着骆驼肉休息了几天，养精蓄锐准备去找妖怪决战。出发前，他先对自己的宝马说："我亲爱的朋友，我们就要去找妖怪决战。听说如今那妖怪的能耐不比从前，所以我们也不能早露锋芒。委屈你先变成一头毛驴，我也要装成要饭的秃子。我们到那妖怪的阿吾勒后，再相机行事。"说完，哈拉巴依高大强壮的宝马，立即变成了一头又瘦又小的小毛驴；哈拉巴依自己也变成了一个衣着破烂，满脸污垢的讨饭的秃子。

他们变好以后，很快来到妖怪的阿吾勒，见阿吾勒虽说不大，但人来人往，热闹非凡，像是在办什么大喜事。哈拉巴依，叫住一个小孩儿，

问:"哎,小兄弟! 你们这儿谁,举办什么喜事?"

小孩儿看了看哈拉巴依,说:"前些日子,听说从很远的地方来了一个妖精,叫什么,我也不知道。妖精带来一个老太婆和一个姑娘。今天,那个妖精要和它带来的姑娘结婚。大喜事就是现在他们正举行婚礼。你要饭可以到他们煮肉的地方去,他们会给你的!"

哈拉巴依去到煮肉的地方,还没有说话,一个小伙子就过来喊他:"哎,秃子! 你会不会煮肉? 要不你过来烧火吧,我们的人手不够。"

哈拉巴依答应替他们烧火,去到一排煮肉的锅前。

还是刚才说话那个小伙子又对哈拉巴依说:"你只管烧火,不要让火熄了就行。我们到那边招呼一下就过来。"说完,几个小伙子都走了。

哈拉巴依烧了一会儿火,见几锅肉都熟了,他当即把几锅肉都捞出来,吃了个精光。吃完肉,他把骨头留在锅里,又在锅里放上些羊粪,搅和搅和让人一时还看不出煮的是骨头。搅好以后,他因为吃得太饱,就到阿吾勒旁边一棵大树下睡了。哈拉巴依学的变术,醒着的时候可以保持变成后的模样,一睡着就会恢复原形。说来也巧,正当哈拉巴依在大树下睡着的时候,他的继母到阿吾勒旁边的小河里打水,路过大树发现了他。一发现哈拉巴依,老婆子吓了一跳,立即跑回去告诉妖怪:"不好了! 不好了! 哈拉巴依没有死,他正在阿吾勒外面的大树下睡觉咧!"

妖怪一听,也愣了一下,不过它有些不相信,立即跑到阿吾勒外面去看。它一去,远远的就见大树下坐着一个要饭的秃子,扭头就回来大骂:"你这个老不死的老家伙,你胡咧咧些什么? 大树下明明坐着个要饭的秃子,哪来什么哈拉巴依!"两声叫骂,老婆子再不敢吭声了。

这时,阿吾勒内外婚礼游戏开始了。姑娘们有的唱歌,有的说笑。小伙子们则比赛摔跤,比赛射箭,总之十分热闹。哈拉巴依去到游戏的人们中间,对比赛射箭的小伙子们说:"哎,小伙子们! 我也射一箭行吗?"

小伙子们见这个要饭的秃子想射箭,都觉得可笑,说:"看你这讨饭秃子的样子,不要说射箭了,能把弓举起来吗?!"说着大笑起来。一个小伙子还真的把一张弓递给哈拉巴依,看样子是想叫哈拉巴依掂掂重量。

哈拉巴依没有理睬小伙子们的哄笑,接过弓来轻轻一拉,弓断了。小伙子们很惊奇,几个人跑去抬来妖怪拿走的哈拉巴依的那张弓,想用这张弓来吓倒哈拉巴依。哈拉巴依的这张弓,比一峰骆驼驮的货还重,要几个棒小伙子才能抬起,一般人推都推不动。哈拉巴依一只手轻松的举起了弓,正准备张弓搭箭,这时妖怪来了。妖怪听抬弓的几个小伙子说,一个要饭的秃子如何厉害,想来看看是不是真的哈拉巴依来了。它一来,见那个秃子正轻轻地举着弓,准备张弓搭箭,知道秃子肯定就是哈拉巴依,一惊;同时想到哈拉巴依能变成秃子,肯定也会法术,自己很难逃出他的手,于是忙变成一只狐狸,飞快的逃跑。哈拉巴依见妖怪一露面立即变成狐狸逃了,马上变成一只雄鹰紧追上去。他们一个逃,一个追,一直追到海边,眼看雄鹰就要抓到狐狸了,狐狸一下蹦到海里变成了一条海鱼。哈拉巴依见妖怪变成了海鱼,也钻进海里变成一条巨鲸,一张大嘴,把妖怪变成的海鱼吞进肚里,彻底铲除了妖怪。消灭了妖怪哈拉巴依回到自己的家乡,与在家乡等着他的未婚妻完了婚,过着幸福美满的生活。

双胞胎的故事

很早以前,有兄弟两个,他们靠打猎维持生活。老大已经成家,有了一对双胞胎,不过他兄弟俩还是照常每天上山狩猎。一天,弟弟在山上抓到一只鹰。这只鹰,翅膀是金色的,腿是银色的。弟弟觉得这只鹰很稀奇,天黑回去后,见两个孩子在外面玩,就对哥哥嫂子说:"今天我抓到一只奇怪的鹰,金翅银腿。我看我们把它煮来吃了吧,不要让两个孩子知道!"

哥嫂同意了弟弟说的,等两个孩子睡下后,他们把鹰煮在锅里,也去睡了。谁知,两个孩子对他们叔叔刚刚说的话,已经听见了。他们也想吃鹰肉,商量商量把家里一只大公鸡偷偷宰了,藏在毡房外的草堆里,等他们爸妈把鹰煮进锅里,睡觉去了以后,悄悄起来,把刚煮熟的鹰肉吃了个精光,然后又把藏在毡房外的公鸡煮进锅里,去睡了。过了一会儿,弟弟醒来叫起兄嫂,说:"鹰肉煮熟了吧,孩子们睡得正香,我们趁这个时候快吃吧！"

他们三个，急急忙忙把还没怎么熟的公鸡肉，当成鹰肉吃了。

第二天，弟弟起得早，他起来见两个侄儿变了样。他们的手变成了金色，他们的腿变成了银色，大为惊奇。忽然他像是想起了什么，对哥哥说："好哇，你瞒着我，偷偷把鹰肉给你两个儿子吃了！现在你把你这两个儿子宰了，要不就把他们扔到荒无人烟的地方去！"

哥哥舍不得儿子，更舍不得弟弟，只好把自己的孩子带到荒凉的原野上去，丢在那儿，自己一个人难过地回了家。

两个被扔在荒野的孩子，在野地里转来转去，无意中转到一块茂密的苇草地里。这里有个老大爷在打苇子，两个孩子见到老大爷，忙上前去向老大爷问好，随即帮老人家捆苇草，绑苇草驮子。老大爷见两个孩子不但长得一模一样，而且都是金手银腿叫人惊奇。两个孩子手脚麻利，勤快有礼，逗人喜欢，于是老大爷问他们："哎，孩子们！你们是什么人？从哪儿来？要到什么地方去？"

两个孩子说："我们是两个迷了路的孤儿。从很远的地方来，不知道该往什么地方去！"

老大爷说："那样的话，孩子们，你们两个跟我回家，我是一个没有孩子的孤老头儿，从今天起，你们就是我的孩子。我们靠打苇草维持生活，能够把你们养大成人！"

两个孩子答应了老大爷，赶着驮苇草的毛驴，跟着老大爷回到他那破旧的毡房。到家之后，老大爷因为一下子有了两个朴实健壮的儿子，非常高兴，特意为此把周围的邻居请来，办了七天的喜事。他们一

老两少三个人，互相照顾，互相关心，在一起生活了好几年。几年后，他们的生活渐渐富裕起来。几年后，两个孩子长大成人了，老大爷想着要给他们娶媳妇，可是孩子们不同意。过了一段时间，老大爷想到自己年纪已经很大了，又对两个孩子提起要给他们说亲的事，两个孩子还是不同意。老大爷感到奇怪了，问他们："我现在年纪已经很大了，想趁我还在世的时候，让你们成家，可是你们说什么也不同意。这是为什么？你们究竟有什么想法？"

两个孩子说："阿爸！小时候我们流浪在荒野，是您老人家收养了我们，教我们各种生活的本领，培育我们长大成人。您老人家对我们的养育之恩，我们尚未报答，怎么能就成家离开您呢？"

老大爷听了，十分感动，忙说："孩子们！你们有这份心意，我感到非常欣慰！只是，你们的年龄也不小了，照说早就该成家立业了，趁我如今还能自己生活，所以催你们娶媳妇自立毡房。"

两个孩子说："阿爸！这些年，在您老人家的养育下，我们是都长大了。但我们没有见过什么世面，缺少克服磨难的能力。如今您老人家身体很健朗，我们想趁这个时候出外锻炼锻炼，等我们有一定成绩以后，再娶媳妇也不晚。您老人家看怎么样？"

老大爷很高兴两个孩子有这样的志气，当即答应他们，并问他们有什么需要他办的事？两个孩子见老大爷同意他们外出历练，非常高兴，商量了一下，说："阿爸！您知道我们兄弟俩是双胞胎，如今虽说长大了，但个头长相还都一样。现在，请您老人家给我们两匹颜色一样的骏马，给我们做两套颜色一样的衣帽，把我俩打扮得一模一样，让别人看不出我俩谁是谁。然后,再给我们三把宝剑。这样,我们出去一定能经历别人难得遇到的磨炼。"

老大爷虽然不知道两个孩子要求这样打扮的用意,还是答应了他们。

这一对穿着打扮,个头长相,连骑的马都一模一样的双胞胎,离开了老大爷上路了。他们在路上走了好几天,在路上捡到两只小兔、两只小狐狸。他们觉得这几只小东西与它们的父母走散了,怪可怜的,就把它们带上了。几天以后,他们又在路上捡到两只狼崽儿、两只虎崽儿和两只熊崽儿。它们看样子也是走散了的,双胞胎兄弟把它们也带上了。他们这一伙,人兽同行,走了好多天,一路上既互相追逐,又互相照应,吵吵嚷嚷,打打闹闹,嘻嘻哈哈,显得十分欢快。这天,他们来到一个三岔路口,双胞胎决定分开上路,各自去接受命运的安排。他们把捡来的五对小动物也分开,各带一只虎崽儿、一只熊崽儿、一只狼崽儿、一只兔崽儿和一只狐狸崽儿。三把宝剑,他们各带一把,剩下的一把,插在三岔路口,恭请老天给他们预兆:他们兄弟俩,如果谁遇到不幸,宝剑就倒向谁去的一方。两弟兄的老大,带着分的五只小动物,身背宝剑,跨上骏马,踏上了右边的大道。

单说老二,带着他分的五个动物崽儿,沿着左边的大道上路。也不知走了多少日子,五个动物崽儿都长大了,这天,他们来到一座旧城堡。这时,天已黑下来,老二决定就在城堡里过夜。他放开马,安顿好他的五个动物,刚睡下不久,忽然听到远处传来一声像是女人凄厉的哭喊。老二翻身坐起来仔细一听,是一个姑娘在哭叫,那哭声越来越近,

像是朝自己走来的。老二忙穿上衣服,手提宝剑,沿着哭声出去查看。果然城堡外一个姑娘,手拿火把,赶着一只羊,哭着朝城堡走来。姑娘像是根本没有见到老二一样,只是赶着羊,哭着慢慢走进了城堡。老二再也忍不住了,过去栏住姑娘,问她:"哎,姑娘!你半夜里一个人赶着一只羊,哭哭啼啼,这么悲伤来到这个无人居住的旧城堡,究竟发生了什么事?"

姑娘这时才发现身边有个小伙子,但没有听清小伙子问她的话,只是照样伤心地哭。老二又问了姑娘一次,姑娘才说:"哎,小伙子,你不要问了,你知道了也没有用!"

老二一听,更想知道发生什么事了,再次问姑娘:"哎,我说姑娘,你还没有告诉我什么事,怎么就说我知道了也没有用呢?!"

姑娘这时才十分无奈地说:"我是这个汗国汗王的独生女儿。前些日子,我们这里出现了一条巨龙。巨龙天天在我们草原上横冲直撞,伤害了我们不少人畜。后来父王出面同巨龙商定,每天送给巨龙一个姑娘和一头大羊。天一黑,就由父王的大臣和卫士押送姑娘和羊只,到这座旧城堡外,然后由送给巨龙的姑娘赶着羊只到城堡里来等巨龙。现在我们汗国的姑娘都送给巨龙吃完了,今天该轮到我了,所以我……"

姑娘的话还没说完,突然刮起一阵狂风,一条见不到尾巴的巨龙已经扑了过来。老二见巨龙扑来,挥起宝剑就刺向巨龙。巨龙扑到姑娘和老二跟前,照例张开大嘴用力往里猛吸,想把姑娘、老二连同他们身边那只大羊一起吸进肚里。老二这时已感到巨龙强大的吸力,忙将宝剑横过来,顺着巨龙强大的吸力,直劈巨龙张开的大嘴。巨龙只觉眼前一道银光闪了一下,还没弄清是怎么回事,巨大的龙头已被劈成了两半。

老二劈死了巨龙,见姑娘已吓得晕过去了,忙叫醒姑娘,告诉她巨龙已被自己劈死,让她放心好好休息,等天亮以后回去。姑娘醒来,见小伙子杀死了巨龙,不仅救了自己,还为家乡的百姓除了一大祸害,当即对老二产生了爱慕。老二见姑娘虽说是汗王的女儿,但仍同普通百姓的姑娘一样承受苦难,也对她产生了好感。两个年轻人互相交谈了各自心头的想法,都感到非常高兴,渐渐在幸福的交流中满意地睡去。

天亮以后,汗王的右大臣和卫士们因为昨晚没有听到姑娘被巨龙吞噬的惨叫声,很是奇怪,决定到城堡里来看看究竟是怎么回事。他们一来,见公主还活着,公主身边一个小伙子正在酣睡。离他们不远,可怕的巨龙已经死了,毡房大的龙头被劈成了两半。汗王的右大臣见到这些,知道巨龙是被公主身边这个小伙子杀死的,心眼一动,趁小伙子在熟睡中一刀砍下了他的头,并把他的尸体搬离了公主,然后叫醒公主:"公主醒醒!公主醒醒!"公主一被叫醒,右大臣忙对她说:"启禀公主!危害一方草原的巨龙已经被砍死了"

公主见是右大臣,说:"我知道。"随后想向右大臣介绍劈死巨龙的英雄,可是她四处张望不见小伙子,就问右大臣:"生劈巨龙的那个英雄小伙子呢?"

右大臣说:"什么生劈巨龙的英雄小伙子呀,公主做梦了吧?巨龙是我砍死的!"

公主一听，非常吃惊，说："你说什么，巨龙是你砍死的？昨晚我明明看见一个外地小伙子生劈了巨龙，怎么变成你砍死的了?!"

右大臣这时突然变得凶狠起来，说："公主如果不是做梦，就一定是被吓昏了！好了，好了，我也不想当什么英雄，不过，公主回去可得如实对汗王说，巨龙是送你来的大臣杀死的！不然，我也不会白吃亏，我能杀死一个小伙子，更容易杀死一个姑娘！"

公主见右大臣露出了凶残的面目，自己心爱的英雄又不知去向，只得说："好吧。我照你说的那样告诉父王。"

右大臣和卫士带着公主，抬走巨龙的尸体后，老二的那五个动物朋友回城堡来了。它们回来发现老二被杀，十分悲愤。这时，狐狸提出大家一起设法救活它们的朋友。其他四个一致同意狐狸的提议，它们在一起商量，决定先把老二的头和身体接起来。这时，兔子自告奋勇跑到丛林里找来一种草，把草咬碎，抹在老二的头和身体连接的脖子上。不一会儿，奇迹发生了。老二真像刚睡醒似的，从地上站起来，对着围在他身边的五个动物，说："我怎么睡得这么死？你们什么时候回来的，我都不知道。你们来时看见一个姑娘吗？"

五个动物把刚刚发生的事给老二说了，老二见它们根本不知道公主和巨龙的事，只好感谢它们的救命之恩，然后带着它们继续上路，去找自己心爱的公主。他们走了没有多一会儿，就到了那个汗国的都城。这时，汗国正办着什么喜事，整个城市一片欢腾，显得十分热闹。老二打发兔子进城去了解情况，没多久，兔子回来说："我根本进不到城里，刚一到城边的街上，街上的孩子们就都跑过来抓我，我只好回来了。"

兔子这样一说,老虎、狼和熊,同时向老二要求进城去打听。老二担心它们三个一同去会惹出麻烦,决定让老虎单独去。老虎一出动,虽说是单独一个,人们还是吓得乱跑乱叫,到处躲藏。老虎一直闯进王宫,找到汗王,对汗王说:"汗王陛下!听说你们在举办什么喜事,办喜事应该邀请远方来的客人!你们为什么不邀请我和我的朋友?我们可是在城外等着呢!"

汗王听到这样的质问,吓得连忙赔不是,说:"哎呀呀呀!实在是我不知道你们的到来,请你们千万不要见怪!我这就派专人去邀请!"说完,马上派自己的一位大臣,出城去邀请老二和他的朋友们来参加他们家的喜事。

老二见到汗王,问汗王:"尊敬的汗王陛下!我和我的朋友们远道而来,我的老虎朋友刚才见到陛下,也没能打听清楚,敢问陛下家里办的究竟是什么喜事?"

汗王把前段时间汗国内发生的事给老二讲了,最后说:"昨天我的右大臣终于砍死了残害我汗国人畜的巨龙,不仅救了我的独生女儿,也铲除了我汗国一大祸害。为了感谢救我独生女儿性命的恩人,奖励为我汗国除了大害的英雄,我决定把我的独生女儿嫁给我的右大臣。现在举办的就是我右大臣和我独生女儿的婚礼。我准备为他们举办三十天婚礼,四十天喜宴。婚礼、喜宴都真诚的恳请您和您的朋友们参加!"

老二听了汗王的话,明白了一切,立即对汗王说:"尊敬的汗王陛下!杀死巨龙的人,根本不是什么您的右大臣,而是我!如果您不相信,

请您现在就问您的女儿！"

汗王一听，吃惊得差点没有晕过去，定了定神，立即派人去传公主。姑娘一进门，就见到自己心爱的大英雄、大恩人，马上飞跑过来抱着老二，说："我的英雄，真的是你吗？你是怎么活过来的？又怎么到这儿来了？"

老二说："怎么？你以为我死了吗？我只是睡了一觉，醒来不见你，也不见巨龙，担心你又遭到别的巨龙的伤害，就和我的朋友们找你来了。刚才听汗王陛下说他的右大臣杀死了巨龙，救了你，看样子真有另外一条巨龙了！"

公主说："哪有另外一条巨龙啊，要说有，就是那个右大臣！是他趁你熟睡时杀死了你，还逼着我说是他杀了巨龙，救了我。我要是不听他的，他就威胁说要杀死我。他这样阴险毒辣，不就是一条毒龙吗！"

汗王从自己女儿与小伙子的对话中，已经完全清楚了事情的真相，也看出来女儿与小伙子之间互相爱慕，更感到小伙子是一个了不起的大英雄，当即下令把他的右大臣抓来杀了，同时宣布把公主嫁给老二，并要为他们举办四十天婚礼，四十天喜宴。老二本来很喜欢公主，现在见汗王宣布把公主嫁给他，十分高兴，可是他不知道哥哥现在的情况，是不是已经结婚，他认为自己是不应该在哥哥之前结婚的，但汗王已当众宣布了他和公主的婚事，使他有些为难。汗王已经宣布了老二和公主的婚事，还为他们举办了隆重的婚礼和盛大的喜宴。只是老二和公主虽说结了婚，但他和公主每天上床睡觉时，都把自己的宝剑放在他们中间。公主见小伙子这样，问他："你这是干什么呀？"

老二说:"宝剑在我们中间,谁要是乱动就会被宝剑刺伤。这样我们睡觉时都不乱动,就能睡好。"

他们这样过日子一段时间后,这件事传到了汗王的耳朵里,汗王感到十分奇怪:怎么会这样?小伙子这奇特的表现,汗王实在想不透是为什么。最后,只能认为:小伙子还太年轻,不懂得夫妻之间的事,过一段时间会好的,没有深究。不过,汗王同时也认为:小伙子年轻,又是个猎人,应该让他去野外游猎,不然老困在家里,不定还会发生什么怪事!想好以后,汗王就给老二派了四十名箭法精湛的卫士,让他们出去游猎。

老二带上这四十个卫士和他五个动物朋友,在山上转了一整天,没有遇到什么能激起他们兴趣的猎物。半下午,他们发现一头前半身是金色,后半身是银色的鹿。这头鹿引起他们极大的兴致,纷纷放马前去追捕。谁知这头鹿,不光颜色稀罕,跑得更是出奇的快,四十个骑术高明的卫士,连老二在内,使出了全身的力气,把胯下的骏马都快跑趴下了,也没能追上。老二一个人跑在最前面,快天黑时,眼看就要追上了,前面出现一片茂密的森林,那头鹿飞箭一样钻进密林不见了。老二跟进密林,在林子里找了好一阵,再不见鹿的身影。他已经很累了,那四十个卫士也不知追到什么地方去了,决定先歇下来。这时,天已经黑了,老二点燃一堆篝火,一则取暖,同时等他的动物朋友和卫士们。他烤着火,躺在铺着厚厚一层树叶的地上,暖洋洋的慢慢睡着了。半夜里,一声凄惨的叫声把老二惊醒。这时,他听见树上像是只鸟在对他说:"哎,好心的小伙子!我冻得快死了,能到你身边去暖和暖和吗?"

老二一看,果然是只小鸟,在树上冻得直哆嗦,就对小鸟说:"有什么能不能的,你就快来吧!"

小鸟说:"我怕你身边那几只凶猛的动物会吃掉我!"

老二这时才发现他的五个动物朋友都找来了,正睡着自己身边,就说:"它们都是我的朋友,不会伤害你的!"

小鸟还是说:"我还是害怕。你能不能把我身边的草,拿些去盖在它们身上?这样我就不怕了。"

老二起来把小鸟身边的草拿来,给他的动物朋友一个一个的盖上。哪知他刚盖好,他的五个朋友,一个个连哼也没哼一声就都死了,接着他自己也倒在他朋友们身边死了。他们死后,那只小鸟从树上飞过来,扑灭了篝火飞走了。第二天,陪同老二出来游猎的四十个卫士,整整找了一天,没有找到老二,只得原路回去向汗王报告。让这四十个卫士在回去的路上先走着吧,我们再说说这对金手银腿的双胞胎兄弟中的老大。

老大带着他的五个动物崽儿,在三岔路口与弟弟分手以后,顺着右边的大道前行。也不知走了多久,他的五个动物崽儿都长大了。这天夜里,老大做了个噩梦,梦中他看到弟弟和弟弟的五个动物都被人杀死了,他惊出了一身冷汗。从噩梦中惊醒后,老大决定从原路返回与弟弟分手的三岔路口,看看插在那里的宝剑是不是显现了什么兆头。老大来到三岔路口,一眼就看见插在路口的宝剑倒在地上。看到插着的宝剑倒了,老大知道弟弟已经被害,发誓找到伤害弟弟的凶手,为弟弟报仇。他带着他的五个动物朋友,顺着宝剑所指的方向上了路。

这天，老大骑着骏马，握着宝剑，带着五个动物，正走在路上，迎面过来一队威风凛凛的骑士。这队骑士一见老大，当即停下来毕恭毕敬的对老大说："哎，我们敬爱的英雄！这些天您都到哪儿去了？从追那只金头银尾的鹿，我们落在后面那天起，我们整整找了您好些天，找得我们好苦！昨天，汗王又下令，限我们三天，如果再找不到您，就要砍我们的头了！"

老大听骑士们的话，想到他们一定是把自己当成弟弟了，于是说："我没到别的什么地方去呀，一直在这个山上打猎嘛！"

这队骑士，正是汗王派来跟随老二游猎的那四十个卫士。他们见老大相貌穿戴，骑的马，佩的剑，连同身边五个动物，都与老二一模一样，根本想不到会是另一个人，听他这样回答，再没说什么，立即簇拥着老大回去向汗王复命。汗王见了老大也认为是自己的女婿回来了，十分高兴，说："孩子！自从卫士们回来说你追一只鹿进山，再不见你，这些天可把我们担心坏了，特别是你新婚的妻子，更是怨我不关心新女婿，没保护好新女婿。现在好了，你回来了。从今天起，你就做我的右大臣，在家帮助我处理汗国事务吧！"

老大从汗王的话里，又知道了一些弟弟的情况。为了更多的了解弟弟的下落，他答应了汗王的要求。晚饭后，几个姑娘来一面叫着"新姑爷"，一面把老大领到一顶崭新的漂亮毡房里。毡房里等着一个非常美丽的年轻媳妇儿，见老大进来，忙迎上来问老大："这些天你到哪去了？让人没明没夜地为你担心！好了，在外面这些天，一定很累，今晚就早点睡吧！"边说边铺好被褥。

　　老大现在已很清楚,眼前这个漂亮的新媳妇儿,就是自己的弟媳,于是睡觉时也把宝剑放在他和弟媳中间,说:"我们睡觉时,谁也不能动,谁动了,宝剑会伤到谁的!"

　　媳妇儿以为他累了,没有说什么。几天以后,媳妇儿就感到奇怪了:怎么结婚都这么多天了,还要这样睡呢?是不喜欢我?可是从其他方面看,又不像是不喜欢。那究竟为什么?媳妇儿实在是猜不透。不过小伙子始终坚持要这样睡,她也没办法。日子一长,这件事又传到汗王那里了。汗王知道后,还是觉得小伙子很年轻,一个人游猎生活惯了,再过一段时间会好的。于是,又派了四十个卫士给老大,让他出去游猎。

　　老大和他弟弟一样,身背宝剑,跨上骏马,带着他五个动物朋友,在四十个身强力壮,技艺高超的卫士簇拥下打猎去了。他们在山上转了半天,没有发现多少称心的猎物。太阳快下山的时候,一只金头银尾的鹿,出现在他们眼前。他们立即催马追鹿,可就是追不上。最后,四十个卫士全落在后面不见人影了,只有老大一个人还跟在鹿后。这时,太阳已经落山,天也快黑了,老大一急没注意,那只鹿忽然一闪,蹿进密林不见。老大又找了一阵没有找到,他的五个动物朋友到是赶来了。这时 老大见天已完全黑下来,自己也非常累了,只得就地点了一堆篝火,决定在这儿过夜。他刚躺下,就听见树上一只鸟儿像是在对他说:"哎,好心的小伙子!我快冻死了,能到你身边去暖和暖和吗?"

　　老大说:"什么能不能的?你想暖和就下来吧!"

　　树上的鸟儿没有飞下来,却说:"你身边的那五个动物会吃掉我的,我不敢下去!"

老大听鸟儿这么说,觉得这鸟儿有些怪,又对它说:"这些动物都是我的好朋友,它们是不会伤害你的,你不要怕。你不是说你都快冻死了吗,那就快下来吧!"

鸟儿还是没有飞下来,又说:"哎,我还是害怕!好心的大哥,我这里有些草。你用这些草,在你的朋友们身上打几下,这样它们就不会伤害我了。"

老大一听,肯定这鸟儿要对他的五个动物朋友下毒手,说不定还是杀害弟弟的真凶。于是强忍住内心的愤怒,站起来接过鸟儿扔下来的草,偷偷扔在一边,假装在他五个动物朋友身上都打了几下。打的时候却叫它们装死,等鸟儿下来后再抓住它。五个动物不动了,鸟儿从树上飞下来,很快扑灭了篝火,然后扑向老大的眼睛。就在这时,老大的五个动物朋友一起扑上来,抓住了那只鸟儿。老大问鸟儿:"我的弟弟在哪里?"

鸟儿说:"我不知道你的什么弟弟。"

老大拔出剑来对准它的胸脯,说:"如果你不告诉我他在哪里,我一剑刺穿你的胸膛!"边说边把剑向前一推。

鸟儿害怕了,说:"我告诉你,求你饶我一命!"

老大厉声对它说:"快说在哪里!找到我弟弟我可以饶你不死。"

鸟儿随即说出老二和他五个朋友所在的地方,并领他们去找到了老二和他五个动物朋友的尸体。见到老二的尸体,老大十分伤心。这时,老大的兔子朋友不知从什么地方含来一种小草。它把那种小草咬

碎,往老二和他五个朋友的嘴里各放了一些。不一会儿,老二他们都复活过来。

兄弟俩见面,说不出有多高兴,特别是老二,两次死而复生,更是格外兴奋。他见恩将仇报,谋害自己的鸟儿在老虎和狼的爪子下发抖,一把将它抓过来,想掐死它。老大忙制止他,说:"这家伙以怨报德,害死了你和同你一路的老虎它们,又想害死我和我的五个动物,本来真是该杀。不过现在,你和同你一起的五个动物都死而复生,我们又见了面,就再没必要杀它了。它能带我来找到你,也算是有所改悔,将功折罪,就饶它一命吧!"

老二一听,当即放了鸟儿。这时,鸟儿扇了扇翅膀,忽然一下子变成了一个人,对兄弟俩说:"我原本是汗王的左大臣,因为我会一些法术,一直想当汗王的右大臣。同时,我还暗自爱着汗王唯一的女儿。后来,右大臣被处死,汗王没有提我当右大臣,公主也嫁给了别人。我的愿望一个也没有实现,我怀恨在心,对你们做了坏事。你们不记前仇,饶恕了我,我万分感谢你们,发誓今后再不做坏事!如果你们愿意,我希望做你们永远的朋友!"

老大老二听了他的话,非常高兴,答应做他的朋友。他更是十分激动,连声说:"谢谢你们!谢谢你们!我现在就去向汗王报喜,说是你们两位大英雄到我们汗国来了,让汗王准备迎接你们!"说完,一晃身子,又变成一只小鸟飞走了。

这时,天已大亮,金手银腿的兄弟俩,带着他们的十个动物朋友,没多久就到了汗王的王宫。汗王早已得到他左大臣的报告,率领全体臣民迎在宫门外了。他们见到这对个头长相,穿着佩戴,背的宝剑,骑的骏马,连同跟随的五对动物都一模一样的双胞胎兄弟,很是好奇,一个个都禁不住连声赞叹。最后,老二来到汗王面前,指着老大对汗王说:"尊敬的汗王陛下!这是我的亲哥哥。上次,是我杀了巨龙,救了公主;这次,却是我的哥哥救了我。我们兄弟就像一个人一样。上次,呈蒙陛下把公主许配给我,以后我哥哥找我也到过王宫,公主与我们兄弟都曾在一顶毡房里生活过。不过,陛下也知道,每天晚上睡觉,公主和我们兄弟中间都放着宝剑,我们谁也没有动过公主一根指头。现在我们兄弟俩都在,请陛下最后决定把公主嫁给谁吧!"

汗王听了老二的话,明白了他们兄弟与公主睡觉时发生的怪事,更加看重他们了。最后,还是决定把公主嫁给老二。因为老大已经被汗王任命为右大臣,他们兄弟也都在这儿扎根了。一切都定下来后,这对双胞胎兄弟,把他们的父母和养父都接过来,同他们一起过着幸福的生活。

一千只黑头羊

很早很早以前,有个大巴依,他有一千只羊和整个草场都容不下的马、牛和骆驼。一天,大巴依的牧羊工正放着他的那一千只羊,忽然,不知从什么地方来了一千只黑头羊,与大巴依的那一千只羊混在了一起。放羊的小伙子想分开这一千只黑头羊,可是左赶右赶,就是分不开。小伙子累得满身大汗,他把身上的老羊皮袄脱下来扔在一个地方,继续分羊。分了一阵儿,两群羊还是没分开,他又把皮裤也脱下来扔到了另一个地方。小伙子光着身子,累死累活,好不容易把那一千只黑头羊分了出来。无论冬夏,皮袄皮裤都不离身的可怜的牧羊工,这时才去他刚才放皮裤皮袄的地方,打算穿衣服。谁知皮裤皮袄都不见了。为了把那一千只黑头羊分出来,结果丢了自己身上唯一的衣服。他光着身子,不好意思回阿吾勒,只得把羊群赶到阿吾勒附近,独自坐在一边等天黑。这时,不知从哪儿走来一个陌生人,问他:"哎,小伙子!你见到一千只黑头羊没有？"

牧羊工说："见到了。刚才我就是为了那一千只黑头羊，把我唯一的一身皮裤皮袄都丢失了！"

那个陌生人说："你要是能把我那一千只黑头羊找回来，我把我身上的衣服裤子给你。"

小伙子说："可以，我这就去给你找。"

陌生人把身上的衣服裤子脱下来给了牧羊工。牧羊工穿上陌生人的衣服裤子，去到刚才自己分出那一千只黑头羊的地方。咦，一千只黑头羊不见了！他四处找了一大圈，没有，只得回去告诉那个陌生人。陌生人嫌他说谎，让他把衣服裤子脱下来，自己穿上走了。

这时，牧羊工又是光着身子了。他一个人坐在地上又好奇，又生气，又忧伤，又发愁。正在他又气又愁的时候，那一千只黑头羊不知怎么的，又来到了他身边。牧羊工十分奇怪，自言自语地说："咦，这些羊刚才到哪儿去了?! 这回我再不能放过它们！我一定看好它们，等它们的主人来了，我交给他，要回他给我的衣服裤子。"

说到做到，牧羊工很小心地放着这群羊。一个人放两千只羊，忙得他两天两夜都没吃上饭，可是那个陌生人却再没出现。这天，他又冷又饿，只好自己搭了个简陋的窝棚挡雨，又宰了只黑头羊，把肉吃了，用羊皮裹住下身御寒。就这样，他继续放着这群黑头羊。过了几天，牧羊工赶着这群黑头羊到河边去饮水，他见河边有三个人在钓鱼。那三个人见牧羊工用羊皮裹着下身，就拿他取笑。

这个说："看，哪儿冒出个野人！"

115

那个说:"不是野人,像是刚落地的羊羔子!"

另一个说:"衣服裤子都没穿,是让老婆从被窝里打出来的吧!"

牧羊工没有理睬他们。一会儿,一个钓鱼的钓上来一条光灿灿的金鱼。这条鱼,又鲜活,又可爱,牧羊工看着它,都发呆了。他特别喜欢这条鱼,就恳求钓鱼的把鱼送给他。见牧羊工想要这条鱼,三个钓鱼的商量起来。一个说:"这么好看的金鱼,咱们拿去献给汗王吧,汗王说不定会赏给咱们几只羊!"

另一个说:"汗王的脾气咱们不知道,可不要讨不到好,反倒惹来个祸。"

又一个说:"这个牧羊工不是想要这条鱼吗?让他给咱们一人一只羊,给他算了。"

三个钓鱼的商量好后,对牧羊工说:"你真想要这条鱼,给我们一人一只羊,你把鱼拿去!"

牧羊工实在太喜欢这条鱼了,答应给他们三只羊。他们把金鱼给了牧羊工,牧羊工接过金鱼来仔细一看,发现金鱼的眼里流出了晶莹的泪珠,样子十分可怜。他捧着这条可怜的金鱼,禁不住怜爱起它来,心想:看样子这条金鱼很难过!我拿着它也没多大用处,不如把它放回河里,给它一条活命,让它自由自在的生活,这样,它可能就不会难过了。想到这里,牧羊工把金鱼放回了河里。

三个钓鱼的跟着牧羊工来抓羊,见他把金鱼接过去看了看,还没给他们羊,就把金鱼放了,立即大闹起来,讹诈牧羊工:"你怎么把我们的金鱼放了?!那是我们的宝贝,你得赔我们!"

"赔我们！赔我们！最少赔十只羊！"

"不行！最少赔十五只！"

牧羊工同他们讲理，说金鱼是他用三只羊从他们手上换的，他们却说他们没有拿到羊，金鱼还是他们的。争来争去，最后，三个钓鱼的硬是讹了牧羊工六只羊了事。

牧羊工回到自己的窝棚，休息了一会儿，起来到窝棚外清点羊只。他一点，咦，黑头羊怎么还是一千只！他想：这群羊原来是一千只，我宰了一只，给了三个钓鱼的六只，应该少七只才对，怎么还是一千只呢？他越想越觉得奇怪，最后认定这是真主赐给他的用不完的福，决心不再给大巴依牧放了，只一心放好这一千只黑头羊。一天，牧羊工的窝棚来了个陌生小伙子，小伙子对牧羊工说："我是外地来的，想住到你家，行……"

牧羊工没等他说完，就说："好啊！外地来的，都是客人，就请住下吧！我的草棚就是客人的家。"边说，边热情地迎进来客，然后殷勤地招待了他。

第二天一早，小伙子起来后，对牧羊工说："谢谢你昨天对我的接待！咱俩交个朋友，怎么样？"

牧羊工同意了。就这样，他们两个成了朋友。又过了一天，小伙子要走了，又对牧羊工说："咱俩是朋友，我在你家住过了，你也该到我家去住住！"

牧羊工没有推辞，跟随小伙子上了路。他们来到牧羊工放走金鱼的河边，小伙子对牧羊工说："哎，朋友！我的家到了。"

　　牧羊工听说到了，可他向四周望了一圈，不见一栋房子，一顶帐篷，甚至连一个能遮风挡雨的草棚都没有，禁不住奇怪地问小伙子："你的家在哪里？"

　　小伙子说："哎，朋友！现在我可以告诉你，我的家就在这河里。我本是这河里鱼王的独生子，也就是前些天，你用六只羊从那三个钓鱼的手上换得的那条金鱼。是你放我回到河水里，救了我一命。对你的救命之恩，我死也不会忘记。现在你不要怕，闭上你的眼睛，跟着我下到水里，这河水底下有我的宫殿。进了我的宫院，你就可以睁开眼睛了。"

　　牧羊工没有怀疑，闭上眼睛，跟着小伙子纵身跳进水里。不一会儿，牧羊工就听见小伙子叫他睁开眼睛。他一睁眼，呀！眼前一片光灿灿的银色世界，大大小小的宫殿，一个接着一个，有的恢弘壮丽，有的小巧玲珑。宫殿四周，遍布各种花草果木，百花盛开，争奇斗艳。果树上各种新鲜水果，香飘四处，沁人心脾。牧羊工跟着小伙子在大小宫殿之间，花坛果林之中，边看边走，走过好几处宫院后，来到一座最为宏伟壮观的宫殿前。这时，小伙子对牧羊工说："这就是我的家。我和我的父王住在一起。你救了我的命，为了感谢你，父王特意让我去请你来我家做客。他现在正在家等你的到来！"

　　他们进到王宫一个最为富丽堂皇的大殿，大殿上方的宝座上，坐着一位威严而又慈祥的老人，看样子是鱼王。小伙子上前去给老人行礼后，说："敬爱的父王！我带来了救我的那个好心的牧羊工！"

　　鱼王高兴地说："啊，善良的小伙子！你救了我唯一的儿子，做了一件令我们整个家族永远都不会忘记的好事，我和我们全家都感激你！

118

你今天又能来我们家做客,实在是太好了。我真诚地希望你永远做我儿子的朋友!"说完,一招手,宫女们立即摆上丰盛的宴席,鱼王亲自陪牧羊工吃饭,非常殷勤。

饭后,鱼王子对牧羊工说:"现在,请你到我的卧室去看看。"

牧羊工跟随鱼王子去到他的卧室。这儿是一处比较精致的小宫殿,殿内的布置显得高雅清秀,各种家具光泽柔和,不时散发出阵阵幽香。殿内还有随时可供吃喝的各种冷热食品,特别是所有这些吃的喝的,都是冷热随意,而且取之不尽。在这里生活,真如同神仙一样。牧羊工在鱼王子热情周到的款待下,不知不觉就过了三天。三天过后,牧羊工对鱼王子说:"哎,我的朋友!我来你家做客,你让我过了神仙一样的生活,我太感谢你了。不过老话说,没有不散的宴席。我在你这儿住了这么些天,现在我该回去了。"

鱼王子说:"你一定要回去,我也不勉强留你。你那儿的一千只黑头羊,本来是我的,你救过我的命,我们又结成了永久的朋友,你现在要离开我了,我没有什么好的礼物送给你,就把它们送给你吧。那一千只黑头羊,不是普通的羊只,不管你怎么吃,怎么用,它们绝不会少一只的,永远都是一千只!"

牧羊工再次感谢鱼王子,想请王子代他向鱼王辞行。鱼王子却对他说:"不!现在我就带你去见我的父王,你当面向我父王辞行。你向我父王辞行的时候,我父王会送你礼物的。我父王金银珠宝有的是,不管送你多少,你都不要收。你只提出要两样东西:一是我父王王宫顶上那个空皮口袋;另一件是我父王宫殿门前卧着的那条黑母狗。你要上他

们，今后对你会有大用处的！"

鱼王子带着牧羊工到鱼王的王宫里去向鱼王告别。鱼王对牧羊工也是依依不舍，说："孩子！你不忙急着要走，再住上些日子吧！"

鱼王再三挽留，牧羊工都婉言谢绝了。鱼王看出再也留不住了，就让卫士搬出许多金银和各种珠宝，要牧羊工带回去用，可是牧羊工一样也不要。最后，鱼王说："哎，孩子！你救了我唯一的儿子，你和我儿子又结成永远的朋友。现在你要离开我们了，怎么能空着手回去呢？这些金银珠宝你不喜欢，你喜欢什么，需要什么，尽管说，不要不好意思！"

牧羊工说："我不需要什么金银珠宝。您要送我礼物，就把这王宫顶上那个空皮口袋和王宫门前卧着的那条黑母狗给我吧！"

鱼王想了想，说："好吧，孩子！你喜欢他们，就都给你吧！不管怎么说，有什么比我独生儿子的生命更宝贵呢！"边说边站起来，亲手将王宫顶上挂着的皮口袋取下来，又把王宫门前卧着的黑母狗牵进来交给了牧羊工。

牧羊工接过鱼王给他的皮口袋和黑母狗，辞别了鱼王，随鱼王子离开了王宫。从王宫出来，牧羊工在王子的护送下回到河岸。分手时，鱼王子又对牧羊工说："你把黑母狗养在你家门口，皮口袋挂在你家房顶上，你就放心放你的羊去吧，到时候你就知道这两样东西的好处了！今后，你要是遇到什么危险，或是有了什么难事，你就到这儿来连喊三声'我的朋友'，我会立刻出现在你面的。"

牧羊工记住了鱼王子的话，再次告别了鱼王子，牵着黑母狗，提着空皮袋，回到了自己的窝棚。一进窝棚，他挂好皮口袋，让黑母狗卧在

智慧的姑娘

窝棚门口,就忙着去草场看自己的羊群。一千只黑头羊一只也不少,都在草场上吃草。太阳快下山时,他赶着他的一千只黑头羊回自己的窝棚,老远就见黑母狗在窝棚门前转悠。他圈好羊群,回到窝棚,一进门,呀!原本小小的窝棚,变得又宽又大,而且收拾得既干净,又整齐,像王宫一样。窝棚上方,放着自己的衣服被褥,都洗得干干净净,叠得整整齐齐。衣被驮子前面,铺着崭新的餐布,晚饭已经摆好了,非常丰盛,热腾腾的散着香气。牧羊工看着这一切,既感到惊奇,又有说不出的高兴,内心里十分感激他的朋友。他吃完饭,收拾收拾准备睡觉,可怎么也睡不着,翻来覆去脑子里全是眼前发生的这些事。他想:这秘密是在黑母狗身上呢,还是在皮口袋身上?是我的鱼王子朋友来我家,安顿好这一切又回去了呢,还是另外哪一个好心的大姐,见我孤单一人生活困难,来暗中帮助我呢?小小的窝棚变宽大了,变得像王宫一样了,这可能是皮口袋的神力。这热气腾腾的饮食,干净整齐的衣被,又是谁准备的呢?他最终没能想出个结果,迷迷糊糊地睡着了。

第二天,牧羊工一早起来,没有顾得上喝早茶,先把一千只黑头羊赶到草场后,才慢慢回窝棚,准备烧早茶。哪知他一进窝棚,见香喷喷的奶茶已经摆在餐布上了。他喝完早茶,去草场的一路都在寻思:这究竟是谁做的呀?我窝棚四周,没有一户人家,连一顶毡房,甚至一个临时的窝棚都没有,会是谁呢?不管怎么样,我一定要弄清楚,这是怎么回事!他已经走到半路,又折了回去。快到他的窝棚时,他藏到窝棚旁边一个草垛子后面,小心地观察着。不一会儿,他见卧在窝棚门前的黑母狗站起来,向周围望了望,随即一摇身子脱下了身上的狗皮,走进窝

121

棚去了。牧羊工见黑母狗脱了身上的狗皮,竟是一个如同太阳和月亮一般美丽的姑娘。他一见这个姑娘,立即爱上了她!自言自语地嘀咕:"原来她不是狗,而是穿着狗皮的姑娘!我只要把那张狗皮夺过来……"他没说完,三步两步跑过去,一把将那张狗皮抢到了手。正在窝棚里做饭的姑娘,像是感觉到了什么,飞快地跑出窝棚,央求牧羊工把狗皮还给她:"好心的哥哥!快把我的衣服还给我吧,我不会走的!"

牧羊工不给她狗皮,却说:"你好好的一个人,穿这张狗皮干啥?!是不是在躲避什么?你什么也不要怕,就嫁给我,有什么我都给你顶着!"

姑娘听牧羊工这样说,心里很是安慰,当即说:"我已经是你的妻子了。前两天,你离开鱼宫的时候,你向鱼王提出要我,鱼王,也就是我的父亲,亲口答应把我许给了你。不过,你还要耐心地等我七天,七天以后,我会换下这衣服的。希望你千万不要着急!"

牧羊工最后答应了姑娘的要求,把狗皮还给了姑娘。可是,性急的牧羊工,第二天又偷偷把姑娘的狗皮藏了起来。姑娘知道牧羊工的心情,又对他说:"看你这么着急,那就再等五天吧!"

牧羊工被姑娘一句话说得不好意思起来,又答应了姑娘的要求。可是,牧羊工这次又没能耐住,第二天,还是把姑娘的狗皮偷了出来。姑娘不好责怪牧羊工,只得再次求他,说:"无论如何,你再等三天吧!"

可是,牧羊工再也不愿等了,一扬手,就把姑娘的狗皮衣服扔进火塘里烧了。姑娘这次可真急了,她流着眼泪对牧羊工说:"哎!你真是,连三天都等不及呀!你这样做,灾难就没法避免了。看来苦果还必须你亲口去尝,怎么想办法都是改变不了的!好了,从今天起,我们真要做夫妻了,就多想想今后怎么过日子的事吧!"

从这天起,牧羊工和鱼公主做了夫妻,一起吃,一起住,一起过日子。日子一天一月的过去,转眼间,几个月时间过去了。一天,牧羊工家里来了两个衣衫破旧的外地人。这时,牧羊工正在草场上放羊,家里只有鱼公主在准备晚饭。那两个外地人在窝棚前见到鱼公主,当即被公主的美丽惊得像被钉子钉在地上了一样,一动不动的待在那里。他们的样子,显得十分疲惫,像是走了很长的路,路上吃了很多的苦似的。公主见他们那疲乏的样子,上前招呼他们:"远方的客人,请进屋去坐吧!"边说边把他们让进屋,并请他们坐了上座。

两个外地人坐下后,一看窝棚四周,更是大吃一惊。原来这个窝棚,外面看不怎么起眼,不过是一个十分简陋的,又小又旧的旧草棚,里面却很宽敞、明亮,而且布置得非常舒适、大方。公主在招呼客人落座以后,就忙着烧茶,做饭,干自己的事情。两个外地人见到这样的窝棚,尤其是窝棚的女主人,他们的举动就显得特别拘束了。不一会儿,牧羊工赶着羊群回来了。他把羊群赶进羊圈,回到家。一进家门,他就见到窝棚上方坐着两个陌生的客人,忙热情的同客人打招呼,问他们:"你们好,大哥们!你们从哪里来,一路顺利吗?你们要到哪儿去?"

两个陌生人中的一个叹了口气,说:"唉,我们从我们的家乡出来已经一年多了。老实说,我们要去的地方,我们也不知道在哪儿!"接着他讲起了他们的故事:

"我们的家乡在离这儿很远的地方。我们在家的时候,也都是普通的牧民,都有自己的家。几年前,我们的汗王得了一种怪病,一直躺在

床上下不了床。几年来,看了好多医生,也请过好多巫师,可就是治不好。一年多前,汗王的大臣不知从什么地方又找来一个巫医。那个巫医看了汗王的病,说:'汗王的病,吃太阳光烤熟的鹌鹑肉,可以治好!'

"汗王派人把我们俩还有另外一个牧民抓来,让我们三个找几只鹌鹑,到太阳光强的地方,用阳光把鹌鹑烤熟了给他治病。治好了病,他会重赏我们。但是如果我们不能用阳光烤熟鹌鹑,误了他的病,他就要杀了我们。

"就这样,我们三个人离开了我们的家乡,到外地去找太阳光最强的地方烤鹌鹑。一天,我们来到一处我们感到很热的戈壁,把鹌鹑肉铺开烤了整整一个晌午,结果不单没有烤熟鹌鹑肉,还把肉搞臭了。我们三个不敢回去,只得在戈壁上露宿。第二天,继续到处去找更热的地方。就这样,我们一天抓几只鹌鹑,一天换一个更热的地方。我们的时间都用在抓鹌鹑,找更热的地方上去了。我们带的干粮早就吃完了,穿的衣服也早破得不成样子了。我们吃过草根树皮,啃过野兽吃剩的兽骨头,受尽了人间的痛苦。我们的一个伙伴,受不了这种苦,半路上丢了性命。我们两个苦苦挣扎,自从离开家到现在,没有停息过一天,几乎走遍了天涯海角,总想找到那阳光能烤熟鹌鹑肉的地方。可是除去碰见一些好心人,让我们吃一顿饱饭,给我们两件旧衣服遮羞外,谁也说不出哪儿的太阳光能烤熟鹌鹑!

"哎,好心的兄弟!老实说,我们并不妄想汗王赏给我们什么荣华富贵,可是我们找不到太阳光能烤熟鹌鹑的地方,带不回阳光烤熟的鹌鹑肉,我们就会被砍头!好心的兄弟,你说我们该怎么办呀?!"说到这里，两个外地人都止不住伤心地恸哭起来。

牧羊工两口子听两个外乡人讲了他们的不幸，对他们十分同情，马上安慰他们说："两位大哥！你们都不要哭了。今晚就住在我们家，好好休息休息。俗话说:'天无绝人之路。'你们受了这么多苦，不定什么时候，上天会帮助你们的！"说完，小两口还专为他们宰了一只羊，真诚地款待他们。

两个外地人一年多的辛苦劳累，实在是乏得要命，吃过饭一躺下，就呼呼地睡着了。鱼公主等牧羊工也睡了以后，悄悄起来烧上火，把外乡人带来的鹌鹑肉，烤得焦黄焦黄的放在盘子里。第三天，客人准备上路时，公主把烤好的鹌鹑肉端出来，对客人说："两位大哥！你们所受的苦，实在是让人不忍心看着你们再去承受。我很同情你们，所以昨天我用太阳光烤好了你们带来的鹌鹑肉，你们可以把这些烤熟的鹌鹑肉带回去给汗王吃，保证药到病除！不过，有一点你们一定要记住:不管什么人问起这件事，你们都要说是你们自己烤熟的，千万不能说是别人帮你们烤的！"

两个外地人见到公主端给他们的那盘烤得金黄的鹌鹑肉，感激得不知道该说什么好，急忙一连声的赌咒发誓，保证宁死不说出第三个人，然后，千恩万谢地感谢了牧羊工夫妇，上路回去了。

他们回到汗王那儿时，汗王已经病危。大臣们小心翼翼的恭候在汗王周围。几个医生，几个巫师在汗王的寝殿内外，穿梭样的来来往往，已是手忙脚乱。他们两个好不容易才让汗王听了他们的报告。汗王听说他们带来了烤鹌鹑肉，像是病都好了三分一样，高兴地问他们:

"你们拿来了太阳光烤熟的鹌鹑肉?!"

- 他们大声说:"尊贵的汗王陛下!我们吃尽千辛万苦,费了九牛二虎之力,才找到了太阳光能晒死人的地方,在那儿我们用太阳光烤熟了一些鹌鹑肉。现在,我们把这些鹌鹑肉,给您带来了!"说着,把公主给他们烤的鹌鹑肉送给了汗王。

汗王接过肉来,就往嘴里送了一块。说来也怪,汗王刚吃了一块,病就轻了一大半,同时,肚子好像也饱了。汗王这时更高兴了,随即吩咐那两个为他历尽艰辛的牧民回去休息,然后对他的大臣们说:"你们也来尝尝,烤得可香了!"

汗王的右大臣先吃了一小块。嗯,是怪!不单真的可香,他的肚子也饱了。接着汗王的三十几个大臣,每人都吃了一块,也都吃饱了,可是鹌鹑肉还是满满一盘。汗王对那两个为他烤鹌鹑肉的牧民非常满意,对他们烤的鹌鹑肉更是赞不绝口。然而,这却引起了他右大臣的嫉妒。那个右大臣想:这两个卑贱的牧民要是得到汗王的宠信,我在汗王心目中的地位怕会受到威胁。于是他想出一条毒计,对汗王说:"汗王陛下!依我看,这鹌鹑肉不是那两个牧民烤熟的。能用太阳光烤熟鹌鹑肉的,肯定是另外的能人。这样的人是不会为汗王您效力的,日子长了还会成为汗国的祸害。我们应该尽快查清此人,早日将他除掉!"

汗王是个肚量狭小,头脑糊涂,忘恩负义,心肠狠毒的昏君,听了他右大臣的话,当即传令召见那两个为他历尽千辛万苦的牧民。那两个可怜的牧民,听说汗王召见,还以为是要重赏他们,高高兴兴的跟着来人进了王宫。进宫一看,汗王的右大臣坐在上座,却不见汗王。他俩正在纳闷,右大臣板着个丑脸说话了:"汗王有令,你们仔细听好了! 汗王说,你们虽然拿来了用太阳光烤熟的鹌鹑肉,但这鹌鹑肉不是你们自己烤熟的。是谁烤熟的? 烤熟鹌鹑肉的人现在在哪里? 你们要如实禀报。说了实话,汗王的赏赐照样给你们;不说实话,你们的脑袋就难保了! "

两个牧民一听,忙说:"大人! 我们不敢撒谎,我们拿回来的鹌鹑肉,的确是我们用太阳光烤熟的。这一年多,我们几乎走遍了整个大地,受尽了人间的种种苦难。汗王派出的三个人,其中的一个就已经死在了半路上。我们两个,最后总算找到了那个太阳光最强的地方,差点没被那强烈的阳光晒死,好不容易才烤熟了鹌鹑肉。"

右大臣根本不听他们的话,恶狠狠地训斥他们:"胡说! 这样的鬼话是骗不了我的,快说实话! "

可是,再怎么追逼,两个牧民还是原来的话,全不改口。右大臣急了,下令将两个牧民吊起来,往死里打。边打,还边怒吼:"打! 打! 给我狠狠地打! 打死他们我负责! "

右大臣的本意就是要借故除掉他们,一阵毒打后,一个牧民被打死了。另一个也奄奄一息,眼看快要死了,实在受不了了,只得说:"招……招……大人,我招。"

那个右大臣没想到还真打出"招"来,让打手们将那个牧民放下来,对他说:"那你就快如实地说吧! "

牧民说:"是一个牧羊工的老婆给我们烤熟的。在哪里烤熟的,怎么烤熟的,我们都没有见到。我们在戈壁上转了好多天,又累又饿。好不容

易找到那个牧羊工家,我们实在太累了,在那个牧羊工家一睡就睡了两天。第三天一早,我们离开的时候,那个牧羊工的老婆,给了我们那些烤好的鹌鹑肉。同时再三叮嘱我们,千万不要给别人讲这件事。"

右大臣对这个意外的收获很感兴趣,又问:"你们怎么找到那个牧羊工家的?"

牧民说:"我们从草原转到戈壁,又从戈壁转到另一片草原,在那片草原上又转了几天。这天,快天黑的时候,我们看见一个简陋的窝棚。这个窝棚从外面看不怎么样,里面却很宽敞舒适。窝棚是一个牧羊工的,他老婆长得非常漂亮,人间很少见到这样漂亮的女人。就是她,在我们睡觉的时候,给我们烤熟的鹌鹑肉。大人!我知道的都全部老老实实地说了,只求大人不要再打我了!"

右大臣说:"饶了你,也不难。可谁知道你是不是还在撒谎?等我派人去找到你说的那个牧羊工的老婆,就饶了你。如果在你说的地方,找不到你说的那个女人,那你就死定了。"说完,就下令把那个可怜的牧民先关押起来,然后,急忙去向汗王回报审问的结果。

汗王对审问结果并不感兴趣,但听说一个牧羊工的老婆,漂亮得人间少见,马上就要右大臣亲自去查看。右大臣按牧民说的路线,找到了牧羊工的窝棚。他一进窝棚,差点没有昏倒,只见窝棚里坐着一个比太阳和月亮更美,美得简直像仙女一样的姑娘。见到这世间难得见到的仙女,他不敢和姑娘搭腔,怕一说话自己就没法离开了,立即转身回王宫去对汗王说:"汗王陛下!我找到那个女人了。那个女人的漂亮,这么说吧,您后宫六位美丽的妃子,加在一起,比起她来还差得很远!陛下，这样的女人，如果您得不到，那您会后悔一辈子！"

一向迷恋美女的汗王，当即命令右大臣："你现在就去，把那个美女给我带到宫里来！"

右大臣没想到汗王让他去带那个美女，他知道这样的女人不好请，思来想去，只有从牧羊工身上打主意。他再次去到牧羊工的窝棚，这时牧羊工和公主都在，他就对牧羊工说："这些天，汗王在这一带围猎，明天会到你们这儿，他想来看看你们。你看什么时间来最好？"

牧羊工没有想到汗王会来，一时不知该怎么回答，看了看公主，公主很果断地说："后天最好！汗王以外，还会来多少人？"

右大臣说："加上陪同的大臣，总共三十一个人。"

牧羊工一听三十一个，马上犯愁起来，还没开口，公主已爽快地回答了："行！我们恭候圣驾！"

右大臣满意地走了。这时，牧羊工才着急地问妻子："我们怎么接待呀？就这么一间窝棚，容得了那么多人吗？站也站不下呀！俗话说：'独家独户，饭够了，饭碗不够。'我们家，真的是连盛饭的碗都不够啊！"

公主却说："那你想办法呀！"

牧羊工真的不知道怎么办。他一夜没有睡着，早上赶着羊群去放羊，他又想了一整天，还是没有想出接待汗王他们三十一个人的办法。晚上，放羊回来，牧羊工还在发愁：汗王他们再过一天就要来了，怎么办呢？公主见牧羊工愁的昨晚一夜没睡，现在还连饭也不想吃，才对他说："你忘了从父王那儿要来的皮口袋啦？从把它挂上我们的窝棚，窝棚里不就很宽敞明亮了吗？就是待客的人和用具，你也不要发愁。明天

你去找你的朋友,也就是我的哥哥。告诉他,汗王要到我们家做客,请他给我们派三十个英俊的小伙子,来帮着我们招待客人;同时,请他给我们准备一根金马桩、三十根银马桩、一个金盘子、三十个银盘子、一把金把刀、三十把银把刀。"

牧羊工听了公主的话,想起了鱼王子同他在河边分手时说的话,高兴地跑到河边,对着大河一连喊了三声"我的朋友"。喊声刚落,鱼王子从水中跳上岸来,问牧羊工:"哎,我的朋友!你遇到什么难事了?"

牧羊工说:"汗王明天要到我们家来做客!"接着把公主提出要的人和东西说了一遍。

鱼王子说:"这太好办了,你放心地回去吧!明天一早,你想要的人和东西都会到你家的,你在家等着就行了。"

牧羊工谢过了鱼王子,轻松地回家去了。第二天一大早,牧羊工起床一看,他所要的人和东西都到齐了:三十个年轻英俊,衣着华丽的棒小伙子,分两行整齐地排在窝棚两边;一根金马桩,在窝棚门前不远处竖立着;金马桩后面,三十根银马桩,齐齐地排成一排;一套纯金餐具,摆在崭新的餐布上方;金餐具两旁,摆着三十套纯银餐具。此外,还有好几箱大小不同的金碗银碗,金杯银杯和金银水壶、脸盆、碟子、勺子。

中午时分,汗王在陪同他的三十个大臣的簇拥下,来到牧羊工家。这时,公主已率领着三十个英武标致的青年,在拴马桩前迎接客人,准备着为客人牵马、拴马。公主站在金马桩前,汗王骑马走来,马头正对着金马桩。公主迎上一步,牵着汗王的乘马,正好和汗王打了个照面。汗王一见公主,脑袋一阵晕眩,当即从马上摔了下来。见汗王摔下马来,所有的大臣全都慌了。只见公主不慌不忙,从窝棚里端来一碗清水,洒在汗王脸上,汗王顿时苏醒过来。汗王醒了,牧羊工前来请客人们进窝棚就座。这时右大臣却说:"你这么小个窝棚,怎么能坐下我们这么多人?!请汗王一个人进去坐吧,我们在外面坐坐就行了!"

牧羊工听后笑了笑,对右大臣说:"你们都请进屋吧!你不要小看我的窝棚,我这窝棚不要说你们三十位,就是再来三十位也能坐下!"

右大臣本想当众奚落一下牧羊工,同时也为汗王找个单独与牧羊工的老婆接近的机会,没想到反找了个没趣,只得跟在汗王后面乖乖地走进窝棚。汗王和陪同他的三十个大臣进窝棚后,在汗王左右围着餐布一一落座。他们每个人身后,都站着一个穿戴非常讲究的小伙子专管招待。从外面看不怎么起眼的小小的窝棚,连坐带站六十多个人,不仅不觉得拥挤,还让人感到非常宽绰。客人们坐下不一会儿,三十几个人的饭公主就全做好了。饭前,公主亲自提着金水壶,端着金脸盆到汗王身旁,请汗王洗手。汗王的两只眼睛,一见公主就再也离不开了,而且全身麻木,像是已经痴呆,洗手的水倒在他的手上,他都没有感觉。坐在汗王身边的右大臣,见汗王这样,忙用手轻轻捅了他两下,他才回过神来。抓肉端上餐布后,公主在汗王面前摆了一只金盘、一把金把快刀,请汗王切肉。汗王的心思根本不在肉上,两只眼睛只死死盯着公主。右大臣见了,忙又捅了汗王几下,想让汗王先切些肉。神思恍惚的汗王,经右大臣的再三催促,才拿起面前的金把快刀。可是,切了一辈子肉的汗王,今天没切上两块,就把自己的手割破了。手上的血滴在了金盘子上,在座的人都看见了,汗王感到很不自在,赶忙把眼光从公

主身上收回来。这时，汗王再也不好意思坐在这儿吃什么饭了，把割破的手缩进袖筒里，站起来对大臣们说："我们已看了这儿的草场，也了解了这儿牧民们的生活，得赶快回去了！"说完，自己先走出窝棚，骑上马走了。

公主注意到汗王从来到走的每一个举动，心中暗自好笑。牧羊工送走了汗王和他的大臣们，非常佩服妻子在对汗王的接待中，表现出的高超的本领和智慧，更加敬爱公主了。

汗王回到王宫后，满脑子都是牧羊工的老婆，根本就无心汗国的管理了。最后，汗王实在耐不住了，把右大臣叫来对他说："你马上到前两天我们去的那个牧羊工家，传达我的旨意：他一家人住在那样偏僻的地方，不太合适，让他把家搬到王宫附近来，我重新给他安排住地和草场。"

右大臣看出了汗王的心思，让汗王沉溺在女色中，也正合自己掌握实权的心意，得到汗王的命令后，立刻去对牧羊工说："汗王见你孤零零的一家，住在这么偏僻的地方，感到很不合适。特意派我来告诉你，让你搬到王宫附近，与汗王做邻居，汗王将赏给你新的草场和住地！"

牧羊工不知道这里面有什么名堂，一时也不知道该怎么回答才好，他看了看公主，公主笑了笑，说："你看该怎么办，就怎么办呗。"

牧羊工还真不知道该怎么办，好一阵都没有说话。公主见牧羊工一直不说话，才对僵在一边的右大臣说："大人！既然汗王要我们搬，我们哪敢不服从汗王的命令。不过，大人，您也知道，搬一次家不容易；尤其我们的这个窝棚，不单住惯了，各方面都很方便，而且，大人也见了，我们的这个窝棚,也很随我们的心意;这样的窝棚,虽说破旧,可要扔掉它,还真有些舍不得!现在,既然汗王要我们搬,就请大人向汗王禀报一声,希望汗王给我们打造一间铁毡房。毡房的房顶、围墙和门窗都是铁的,而且都要有一指头厚。铁毡房的周围,还要挖一条三尺宽,三尺深的壕沟,沟里要引进大河的水,让河水环绕铁毡房后原流向大河。铁毡房打造好以后告诉我们,我们立马就搬!"

右大臣觉得这个牧羊工的老婆,提的这些要求太有点过分,但他随即又想到,这个女人是汗王想要的人,就再没说什么,立即回去向汗王一句不漏的转报了。汗王听说牧羊工的老婆答应搬来,非常高兴,其他的事他连考虑都不考虑,立即召来全国的铁匠,限他们一个月内打造一顶铁毡房,毡房的房顶和围墙的铁都要一指头厚;又命令一个大臣征集民工,在铁毡房四周挖能引来大河水环绕铁毡房,然后这河水还能原流向大河的壕沟。

一个月后,铁毡房打造好了。汗王原派右大臣去通知牧羊工,要他们马上搬家。牧羊工夫妇搬进了铁毡房,在汗王拨给他们的草场上,牧放他们的一千只黑头羊。

汗王在牧羊工夫妇搬来后,召集他所有的大臣来,对他们说:"我把你们安排在大臣的位子上,图的就是在我遇到难办的事情时,你们能为我出谋划策,替我排忧解难。自从一个多月前,我们打猎时在那个牧羊工的窝棚里见到他漂亮的老婆后,我就被那个漂亮的女人迷住了。一个多月来,我千方百计想把她弄到手。下令让他们搬到王宫附近来,答应给他们打造铁毡房,赏给他们王宫附近的草场,还允许他们在

我的草场上放牧。如今牧羊工夫妇虽然已经搬进了新房子,做了我的邻居,可是牧羊工的老婆,除了烧茶做饭在她毡房门口的壕沟里打水以外,无论白天黑夜,一步也不离开他们住的铁毡房。怎么才能把那个漂亮的媳妇儿弄到我手上? 你们一定要给我拿出个办法来!"

大臣们你一言我一语,闹了半天谁也没有说出个名堂。最后,还是诡计多端的右大臣,想出来个鬼主意。他说:"汗王陛下!真要把那个牧羊工漂亮的媳妇儿弄到手,不是一件容易的事。她天生聪明,智慧超群,还会法术,所以我们很难得到她。不过,汗王陛下,您也不必着急,我们斗不过她,可以在她丈夫身上打主意! 陛下,请您把您手下的百姓分成两部分,一边是巴依、富商、大力士、好射手、好骑士等;另一边是所有的穷人。巴依富商们那部分,由陛下您亲自率领;所有的穷人则让牧羊工当头儿。陛下把百姓们分好以后,我再说下一步怎么做。"

汗王不知道右大臣在捣什么鬼,但还是按他说的那样,把所有的百姓分成了两部分。只是巴依富商们那部分,由右大臣领头儿,汗王总管两个部分。

穷人们不知道汗王这样集中他们是什么意思,但都听说过牧羊工的一些故事,都表示拥护牧羊工当他们的头儿。牧羊工对大家的支持,表示感谢,并说:"大爷大叔、哥哥弟弟们,不管汗王是什么意思,你们都回去过好自己的日子吧! 我要是能为大家挣到什么好处的话,我一定会尽力的。"

再说汗王把百姓们分好以后,当即把右大臣叫来,说:"你说的下一步怎么做,现在快拿出来吧!"

右大臣说："陛下！现在百姓们已经分成了两部分,穷人们手头什么都没有,例如比赛用的马,穷人的马都像他们人一样,都是瘦筋巴骨的,别说跑了,连走都走不动;可我们这边的马,匹匹膘肥体壮,跑起来都像风一样。我说的下一步,就是请陛下降旨:两部分人进行赛马,胜利的一方将获得特别的奖赏。奖什么? 开赛前我再向陛下禀告。请陛下放心,结果一定会使陛下满意的! "

第二天,汗王照右大臣的意思,向全体百姓宣布了赛马的决定。牧羊工听了这个消息,心想自己一方清一色的穷人,连一匹像样的乘马都没有,怎么去参加比赛,更别说为大家挣得什么好处了! 他把自己的担心告诉了公主,公主说:"这事,我还真没什么好的办法。你还是得去找你的朋友,他准会给你一匹最好的赛马! "

牧羊工当即去找他的鱼王子朋友。鱼王子听了牧羊工的话, 说:"你先回去吧! 明天一早,会有一匹准备好的赛马,站在你家门前,你就骑上它去参加比赛吧! "

牧羊工得到他朋友的许诺,回家的一路感到格外轻松。到家后,他也像根本就没有明天赛马的事一样,只管吃他的饭,睡他的觉。第二天天一亮,牧羊工起来到门口一看,门前拴着一匹备好的枣骝马。这匹马又矮又瘦,一条前腿还显得有些短。牧羊工见到这样一匹瘸腿瘦马,心一下子就凉了。这哪是什么赛马呀,连一般的乘马都不如! 可汗王宣布的赛马日子就是今天,不能不去! 只好硬着头皮,骑上这匹矮小精瘦的瘸腿枣骝马,向赛马场走去。他到赛马场时,参加比赛的巴依、富商和他们的马都到齐了,人们正在嚷嚷:"怎么牧羊工还没来? 就差他一个

了!"等大家看见牧羊工骑着一匹又矮又瘦的枣骝马,一瘸一拐地走进赛场时,右大臣那边的巴依富商们就拿他取笑:

"这匹瘸腿马瘦成这个样子,还骑上一个大人,能跑得动吗?"

"这样的马参加比赛,会死在半路的,干脆认输算了。"

"最好你不要参加比赛了。你参加比赛,是自己找自己的麻烦。"

"他想找麻烦嘛,有什么办法呢,就让他找吧!"

穷人一边的大爷大叔、哥哥兄弟,见牧羊工骑着这样的马来参加比赛,也都为他担心,真怕他的马半路倒下来。马累死了事小,人摔坏了不值。不少人提出要同他换马,但牧羊工在来的一路,感到这马不能小看,于是对大家说:"谢谢大家的关心! 不过,我的马就是跑不动,也得参加! 不能让巴依他们小看了咱们,说咱不敢与他们比!"说完,进到赛场,站到赛马队里。

比赛开始前,汗王按右大臣给他出的主意,宣布:"今天的赛马,决定用人做奖品。右大臣领队一方的马夺得第一,任凭他从穷人一方挑个女人做他的小老婆;牧羊工领队一方的马得了第一,我把我的两个妃子奖给他。"

赛马开始了。从起点直到返回的标杆,牧羊工的瘸腿马一直是倒数第一。别人的马都过了标杆往回返了,瘸腿马才跑热。可是,过了返回标杆以后不久,牧羊工骑的瘸腿枣骝马,突然疯了一样飞跑起来,一下子把前面的马,一匹匹的都超过了。不一会儿,更是把所有的马,远远地甩在了后面。最后,一锅肉还没煮熟这么点时间,提前到了终点。牧羊工的马得了第一。穷弟兄们一起拥上去,围住牧羊工,把汗王的两个妃子接过来给了牧羊工。牧羊工把汗王的两个妃子领回家,交给公主,让她们帮公主挤牛奶。

枉费了不少心机的汗王,不甘心自己的失败,又把大臣们召集起来,当众训了右大臣一顿,最后对大臣们说:"你们一定要想办法,把那个牧羊工漂亮的女人给我弄过来!"

右大臣挨了训,更加小心,也更加尽心地说:"汗王陛下!那个女人一定会属于您!上次那个穷牧工的马不知怎么突然疯了,侥幸得了第一。这次咱们与穷小子们比赛摔跤。穷小子们没有摔跤手,而您那个举世闻名的摔跤手,大力士'青犍牛',可以轻而易举地把穷小子们全都摔倒。到那时,那个漂亮女人不属于您,还能属于谁呢!"

汗王听了右大臣的话,立即传令明天举行摔跤比赛。牧羊工夫妇知道后,公主又让牧羊工去找鱼王子。鱼王子对牧羊工说:"你放心吧!明天一早,会有个小伙子去找你,他会为你效力。摔跤场上,他什么时候说'让我出场',你就派他上场好了。"

第二天早上,牧羊工刚起床,一个小孩儿已经等在他门前了。牧羊工知道这个孩子就是鱼王子派来的,喝完早茶就带上他到摔跤场去了。他们到时,比赛已经开始了,汗王的摔跤能手,大力士"青犍牛",已经把穷人一边的几个人摔倒了。汗王正得意地在大声叫喊:"牧羊工那边的还有人敢上阵吗?我的'青犍牛'摔倒了这一大片,谁还敢上来同他较量?谁还敢同我的'青犍牛'较量,快上场。不然,我就要宣布比赛结果了!"

这时,牧羊工身边的那个孩子对牧羊工说:"大哥,让我出场吧!"

牧羊工点了点头,那个孩子穿过人群,走到赛场中间。右大臣那边的巴依、富商们,见牧羊工那边上来一个小孩儿,都哈哈大笑,争相嘲讽起来:

"穷鬼们怎么啦,没有人了?怎么让个胎毛都没退的娃娃上来摔跤?!"

"牧羊工那边的人是不敢上场了吧!"

"穷鬼们让这样一个毛孩子上场和'青犍牛'摔跤,'青犍牛'不把他的骨头捏碎?"

"青犍牛"根本没把那个孩子放在眼里,他摆出一副好像要把孩子吞掉的架势。那个孩子也根本没理睬"青犍牛",只站在"青犍牛"对面,两只眼睛死死地盯着"青犍牛"。两个看起来力量相差很大的摔跤手,互相盯住对方,在场上兜了两圈,还没等大家转过神,他们两个已经揪在一起了。刚相互揪住,"青犍牛"正要发力,那孩子却先他一步,早把他举过了头顶,在头上抡了几圈,猛地将他摔出赛场老远。汗王举世闻名的摔跤手,大力士"青犍牛",被这一摔,摔得粉身碎骨,当场就送了命。这时,汗王已吓得差点晕了过去,早忘了宣布比赛结果了。牧羊工那边的穷人们,也不管汗王宣不宣布,一拥而上,把汗王的两个妃子当场拿过来,交给了牧羊工。牧羊工照旧把这两个妃子带回去给公主,公主还是让她们帮自己干家务、挤牛奶。

汗王没赢得了牧羊工漂亮的妻子,却赔掉了自己四个心爱的妃子,那心头的气,真是不打一处来。他又一次责问右大臣:"你还有什么高招?这回又该赛什么?你记住,我可是输掉四个心爱的妃子了!"

右大臣这回好像很有把握一样,说:"陛下!俗话说:舍不得孩子套不住狼!陛下将要得到的那个美人儿,您是亲眼见到的,别说四个妃子,就是六个妃子也满值呀!这回,咱们比射箭。穷光蛋们哪里会射什么箭,他们连什么是弓,什么是箭都分不清,咱们从汗王您的卫士中,挑几个神箭手去同那些穷鬼们比射箭,咱们能不胜吗?可以说,胜利是铁定了的!"

汗王也觉得比赛射箭,牧羊工那边的穷人们,一天到晚牧马放羊,无论如何,是比不过成天开弓射箭的卫士们的。于是他又下令,两方面派人比赛射箭;奖品还是原先一样,汗王出两位爱妃,牧羊工一边输了,任汗王从他们的姑娘媳妇中,选一个最漂亮的当王妃。

说是射箭比赛,可这个比赛是汗王的命令,就是明明知道会输,也必须参加。聪明的公主,对汗王的心思,早就一清二楚,就是憨厚朴实的牧羊工,也从前几场比赛中,察觉出汗王、大臣和巴依富商们的一些鬼心眼。于是,牧羊工只得又去找他的朋友,从他的朋友那儿要来一位神箭手。

比赛开始了。汗王派出的射手,六箭射下来六个元宝;牧羊工的射手,一箭就射下了六个元宝。牧羊工这边又获胜了。穷人们欢呼起来,一起拥上去,把汗王最后的两个妃子拿过来,交给了牧羊工。

汗王想赢牧羊工的妻子,没想到把自己六个老婆全输掉了。他大发脾气,差点儿没有气死,又把大臣们叫来,狠狠地对他们一阵臭骂。最后,特别骂那个给他出鬼点子的右大臣:"都是你出的好主意,搞什么鬼比赛,说是一定能把牧羊工的妻子给我赢过来,结果到好,不但没

有赢到牧羊工妻子的一根毫毛，反倒把我的六个妃子全输给了牧羊工。我问你，你这是安的什么心？是不是想打这些鬼主意来谋害我?!"

右大臣吓坏了，忙说："陛下请息怒！陛下千万请息怒！前几次比赛，都怪我们这边的选手不争气。现在我想到一个绝对不会出岔子的好办法，让那个该死的牧羊工，很快就死在他去的路上，永远也不会再回来。牧羊工都死了，牧羊工的妻子，不就是汗王您的了吗！"

汗王一听，不单真的消了气，并且又兴奋起来，忙问右大臣："你想到的是什么好办法？快说！"

右大臣说："这个办法可是要委屈陛下两天，这两天，请陛下躺在床上，假装得了重病。然后把牧羊工召来，告诉他，陛下的这个病，巫医说必须要熊的奶子配药，才能治好，让他去为陛下找来熊奶。找不来熊奶，就以违抗王命的罪行，杀死他。"

汗王在床上躺了两天，王宫里传出话来说，汗王得了怪病。第三天，汗王把牧羊工召来，对他说："前两天，我忽然得了一种奇怪的病，吃不下饭，也没法睡觉，现在头疼得像要炸开了一样。巫医看了说，我的病必须熊的奶配药，才能治好。我想来想去，我的臣民中，只有你能给我找来熊的奶子。我现在就命令你，马上就去给我找来熊奶！你找来熊奶，治好了我的病，我会重重地赏你；找不来，我可要处死你！"

牧羊工接到汗王这样一道命令，十分为难，回去后把汗王的命令告诉了公主，公主叹了口气，说："唉！看来你烧掉我狗皮衣服引来的厄运，还是没能摆脱掉啊！汗王的这个要求，不单我没有办法，你的朋友也无能为力，只能靠你的智慧和勇敢，自己去解决了！不过，相信你一定能战胜遇到的一切困难,找到熊奶的,你就大胆地去吧!家里的事你也不用担心,汗王和他右大臣的那点心思,我非常清楚,也早有准备,他们所有的阴谋诡计,都只能是白费力气。你就放心吧!"说完,公主立即着手为牧羊工准备上路的干粮,送牧羊工上路。

牧羊工一上路,汗王的卫士立即报告汗王。汗王想牧羊工漂亮的妻子都差点疯了,听说牧羊工已经上路,就想去牧羊工家。可是牧羊工的妻子,整天关着铁门呆在铁毡房里,谁也别想进去。汗王为了见一见他心中的美人,特意找铁匠给他打了一把能钻通铁毡房的锥子。他带着锥子去钻牧羊工的铁毡房,结果,铁毡房没能钻透,他已经从光滑的铁墙上,滑到了深深的壕沟里。汗王费了好大的牛劲,从壕沟里挣扎上岸,全身衣服已经湿透,又冷又累,灰溜溜地回到王宫。第二天,他又带着锥子去牧羊工的铁毡房,结果,又滑到壕沟里了。可是,汗王还不死心,以后每天都要带着锥子去钻铁毡房,结果每次都滑到了壕沟里,始终没能达到他的目的。

再说牧羊工,自从离家以后,每天都在森林里转悠,也不知道转了多少天,干粮吃完了,就吃野果充饥,找不到野果了,就吃草根树皮,真是吃尽了苦头,可是始终没能找到熊奶。这天,他像往天一样在一片新的林子里找熊奶,转了一整天,还是没有找到。他实在是又累又饿,再也走不动了。这时,他遇到一个满脸白胡子的老人家。他主动向老人问好,打招呼。老人看了看他,说:"哎,孩子!你的脸色很不好,看样子你已经很累了。你是从哪里来?要到哪里干什么去?"

牧羊工说:"我们的汗王得了一种怪病,巫医说要治好汗王的病,

必须用熊奶调药。汗王下令让我出来找熊奶,找不回熊奶,就要砍我的头。我已经出来好多天了,至今没有找到熊奶,所以一直在各处森林里转悠。"

老人听了牧羊工的话,说:"哎,孩子,你受罪了。不过,因为你的善良,今后你会享福的。今天,我们有幸在这里相遇,我给你指一条路,你沿着这条路走下去,在这条路的前方,有一处密林,密林深处有一个山洞。你不要怕,勇敢地到洞里去。就在这个洞里,卧着一头黑熊。一年前,这头熊的脚上扎进了许多刺,行动起来十分困难,也没法捕食。我现在送给你一把小刀,你先用刀挑去熊掌上的刺,然后用小刀抚平伤口,熊掌上的伤口很快就会好的。你治好了那头黑熊,它会帮你找到你想要找的东西的。"说完,老人拿出一把精致的小刀来给牧羊工,同时还给牧羊工教了一些熊的语言。

牧羊工很快学会了老人教给他的熊语,再三感谢了老人家,然后照老人所指的方向,上了路。也不知道走了多少时间,牧羊工来到老人家所说的那个山洞。山洞很大,也很亮堂,牧羊工一进山洞就看见一头很高大,但却很瘦的黑熊,一动不动地躺在地上。牧羊工大胆地去到黑熊跟前,和熊打招呼:"哎,熊大哥,你好!听说你的脚受了伤,我特意给你治伤来了。"

黑熊见牧羊工会说熊的语言,又惊又喜,说:"你是什么人?怎么知道我的脚受了伤的?是父王告诉你,让你来的吗?"

牧羊工说:"我是你的朋友。怎么知道你脚受了伤的不重要,快把你的脚伸出来吧,让我先给你疗伤!"

　　黑熊向牧羊工伸出了一只前掌。牧羊工见它的前掌上,密密麻麻地扎满了大大小小的刺,当即取出小刀来,一根一根的把刺挑掉,然后又用小刀把伤口一一抚平。刚一抚平,黑熊就站起来了。它站起来高兴地在洞里走了几步,随即对牧羊工说:"啊,好心的朋友,太感谢你了!自从我的脚被刺扎伤以后,一年多时间,没有找到医治的办法。这一年多时间,我不但无法回家,甚至不能到林中去捕食,差点就死在这个洞里了。现在,你救了我,我真不知道该怎么感谢你。你可能不知道,我是这个森林里熊王的独生子,因为我一年多没有回家,我的父王可能以为我已经死了。现在,你救了我,我想请你同我一起到我家去。我的父王在我消失了一年多后,见我突然出现,一定会万分惊喜,也一定会重重地谢你!"

　　牧羊工听了黑熊的话,说:"熊大哥! 我很高兴同你一起去你的家,只是,我还有一件重要的事情,必须先去办……"

　　黑熊一听,打断他的话,问他:"什么重要的事? 我能不能帮你?"

　　牧羊工听黑熊这样问,心想它可能有办法,就把汗王得了怪病,要他出来找熊奶配药的事告诉黑熊。黑熊听后哈哈大笑起来,说:"我还以为是什么大事呢,原来是这么个事儿! 这太好办了。你就放心地跟我一起到我家去吧! 我们一到家,见了我父王,你这事儿就解决了。"说完,背着牧羊工上了路。

　　他们在路上走了不知道多少时间,终于到了黑熊的家。熊王见到自己的独生子活着回来,又惊又喜,愣了半天才问自己的孩子:"你这么长时间没回家,到哪里去了? 我们四处找你找不到,以为你遭到了什

么不幸……"

黑熊说:"我的脚上扎了很多刺,根本没法行走,在一个离我们家很远的山洞里,躺了好长时间,真的差点送了命。多亏了这位好心的朋友,前些天听说我遭到的不幸,推迟了他汗王命令他办的事,专一到我避难的山洞,挑出了扎进我脚上所有的刺,治好了我的伤痛。为了感谢这位善良的朋友,我特意邀请他到我们家来作客!"边说,边把牧羊工介绍给自己的父王。

熊王对救了自己独生子的牧羊工,更是万分感激,拉着牧羊工的手说:"好心的年轻人,你救了我的独生子,我真不知道该怎么感谢你!欢迎你到我们家做客!你汗王让你办的是什么事,如果可以告诉我们,我们一定尽力帮你办好!你……"

黑熊打断他父王的话,说:"父王!我这位朋友的事,对我们来说是很容易的。他需要找一些熊奶回去配药,为他的汗王治病。"

熊王听后,对牧羊工说:"这真是太容易了。你就放心的在我们这儿玩几天,到时候,我一定满足你的要求!"

三天以后,牧羊工决定要回去了。熊王给牧羊工一头刚下了熊崽儿的母熊,让牧羊工带回去随时挤奶。牧羊工谢过熊王,告别了黑熊,骑着母熊回家去了。到家以后,牧羊工把自己的经历告诉了鱼公主,公主很高兴丈夫凭自己的善良与勇敢,赢得了熊王的关照;也把汗王天天来钻他们的铁毡房,天天滑到壕沟里的事告诉了牧羊工。随后,公主让牧羊工把熊奶给邪恶的汗王送去,并对他说:"那个从来没怀好意的汗王和他的大臣,不会就这样罢休的,他们肯定还会出什么坏主意!不

144

过,你不要怕,虽说可能又要遭些罪,但以你的善良勇敢,还有你朋友们的帮助,所有的苦难都是会战胜的!"

牧羊工把熊奶送到王宫,交给了右大臣。果然像鱼公主说的那样,汗王和右大臣他们,早就想好了又一个坏主意。在牧羊工把熊奶交给右大臣后,右大臣不仅没照原来说的,奖赏牧羊工,却向牧羊工下了一道新的命令:"巫医说了,汗王的病,因为好长时间没有熊奶调药,现在加重了,光用熊奶调药还不够,还必须配上雪鸡的粪。汗王命令你再去找雪鸡粪,快去快回,这次可不能再误了时间! 误了时间,小心你的脑袋! "

牧羊工听到这一新的命令,真是又气又恨,回去对他妻子说:"这帮该死的,真的又想出了坏主意,这次是让我去找什么雪鸡粪! "

公主说:"你也不必生气,就当是出外游历,随时注意机智勇敢地应对一切就行了。你就放心地去吧! "

牧羊工又一次上路,这次是为汗王找雪鸡粪。路上,他又遇到上次见到的那个白胡子老人。他向老人问好后,老人问他:"年轻人! 熊奶你不是已经找到了吗,这次上路,又是要到哪儿去,干什么去呀? "

牧羊工说:"哎,老人家! 熊奶我是已经找回去了。可是汗王又说,光熊奶还不够,还要雪鸡粪,又叫我出来为他找雪鸡粪! 这雪鸡粪,我真不知道在哪儿去找。我这次出来,一路过了好几座大山,雪鸡倒是见了几只,可一点雪鸡粪也没见着。"

老人说:"哎,孩子! 你不要着急。顺着眼前这条大路向前走,你会见到一座大山。就在那大山下的碎石中,埋得有雪鸡的粪。那儿的雪鸡

粪,你拿多少就有多少。不过,你必须在天黑前,离开那儿,不然,你会有生命危险的。在你回来的路上,有一个湖,这个湖叫'银湖'。你到湖边时,记住,不管天色早晚,都不要再往前走了,就住在湖边。'银湖'会给你带来好运的,祝你好运当头,一路顺风!"

牧羊工谢过老人,照老人说的顺着大路走去。走了好几天,终于来到老人说的那座大山。这时,牧羊工见天色尚早,忙在山脚下的碎石中,捡了满满一褡裢雪鸡粪,离开了大山。第二天,牧羊工果然在路边见到了老人说的那个"银湖"。见到"银湖",牧羊工有些奇怪,他走的是来时走过的原路,怎么来的时候就没见到这个湖呢?因为老人说了,见到"银湖",不管天色早晚,都要住在湖边,牧羊工就在湖边找了个能挡风的坑,歇了下来。第二天天刚发亮,从太阳升起的方向,三只白鸽飞过来落在湖边。这三只雪白的白鸽,一落地就变成了三个美丽无比的姑娘。变成姑娘后,她们便脱掉一身轻柔的羽衣,下到湖里洗起澡来。她们一边洗澡,一边嘻嘻哈哈的说笑,交谈着各自打算寻找的对象。其中最小也是最漂亮的那个姑娘说:"我呀,我也没什么特别的要求,谁得到我穿的羽衣,我就嫁给谁。"

牧羊工歇息的坑就在姑娘们附近。牧羊工在睡梦中,被姑娘们的说笑声吵醒,他把三个姑娘的活动,看得清清楚楚,对三个姑娘的交谈,也听的真真切切。他听到那个最小的姑娘那样说,马上从坑里跑出来,拿了小姑娘的羽衣。正在湖里洗澡的姑娘们,见一个小伙子忽然从地里蹿出来,都惊叫着急忙上岸来穿衣服。两个大一些的姑娘急急忙忙穿上羽衣,变成白鸽飞走了。那个最小的姑娘,没有了羽衣无法飞走,只好央求牧羊工还她羽衣。牧羊工说:"你不是说,谁得到你的羽衣,你就嫁给谁吗? 我拿到了你的羽衣,你该嫁给我吧,我答应娶你!"

姑娘说:"我说过的话, 是不会反悔的。我的父王也曾对我说过:'谁得到了你的羽衣,你就嫁给谁。'你把羽衣还给我,我们一同去见父王,父王会同意我们的婚事的!"

牧羊工把羽衣还给了姑娘。姑娘穿上羽衣,带着牧羊工回到自己的家。到家后,姑娘先把牧羊工藏在家里,自己去见她父王,说:"父王! 前两天我和同伴到银湖洗澡的时候,一个年轻的人,把我的羽衣拿去了。那个年轻人提出了要娶我。父王,你不是曾经说,谁得到我的羽衣,我就嫁给谁吗? 现在我想嫁给那个年轻人,希望父王给我们祝福,为我们举办婚礼!"

鸟王十分疼爱自己的独生女,当即答应女儿的请求,说:"孩子!我同意你和人类中你心爱的人结婚。我立即为你们操办喜事,祝你们永远幸福!"说完,当即下令为自己的独生女,举办三十天婚礼,四十天喜宴。

婚礼,喜宴结束后,牧羊工提出打算回去。姑娘说:"我们先给父王说一声吧,我也要跟你一起走!"

牧羊工去对鸟王说:"陛下! 我离开家,是为我们汗王找雪鸡粪配药。现在,我出来已经很长时间了,再不回去,恐怕我们汗王会为害我的家人,所以我和公主想马上动身回我家去。请陛下同意我们立即动身!"

鸟王听后说:"孩子!我同意你们回你的家乡去。不过,你们先不要

着急,等我下令召一只大雪鸡来,你们骑上它,回去后还可以把它的粪给你们汗王。"

第二天,牧羊工和姑娘骑上鸟王给他的大雪鸡,回到自己的家。到家后,牧羊工把鸟公主介绍给自己的妻子鱼公主,说:"汗王和他的右大臣让我去找雪鸡粪,认为我一定会摔死或是冻死在雪山上。可是我不但没有摔死、冻死,还娶了鸟王的独生女儿……"

鱼公主没等他说完,就高兴地拉着姑娘的手,说:"啊,这太好了!前一段时间,我整天一个人在家,连个说话的人都没有,现在好了,有鸟公主这样一个妹妹,我们互相做伴,再不会感到孤独了。"接着又对牧羊工说:"从你离开家那天起,汗王每天晚上都要来找麻烦。他进不了毡房,就用锥子在毡房外钻铁毡房的墙,直到他滑进壕沟。现在你虽说又为他找来了雪鸡粪,但我看他还是不会死心的,说不定又有了什么新的诡计,你可要作好接受更危险的差事的准备。"

第二天,牧羊工把满满一褡裢雪鸡粪给了汗王。汗王当时惊得呆了,不知道该对牧羊工说什么好,支支吾吾的打发了牧羊工。过后,他立即把他的大臣们叫来,大骂他们:"你们这些没用的蠢货!出的那些馊主意,害得我把六个老婆都输给了那个牧羊工。你们让我装病,可如今他不单找来了熊奶,又找来了雪鸡粪,他的老婆照样好好的住在铁毡房里,而我的宫里,还是只有我孤零零的一个人!你们这帮笨蛋,要是再想不出好办法,把牧羊工的老婆给我弄到手,我把你们一个不留统统都杀掉!"

大臣们不敢吭声,只好左商量右商量,最后对汗王说:"高贵的汗王陛下,请您不要生气!我们仔细的商量了,看来陛下还是得装病。不过这次说陛下的病,必须喝仙女的奶。陛下请再下令,让那个牧羊工去为陛下找仙女的奶。人间是没有仙女的!那个牧羊工找不到仙女,那就永远回不来了;牧羊工漂亮的老婆,当然也就是陛下您的了!"

汗王也觉得大臣们这次的办法,绝对能成功,就派卫士去把牧羊工叫来,让右大臣传达他的命令。右大臣对牧羊工说:"汗王的病,巫医说,你拿回来雪鸡粪的时候已经太晚,现在,只有喝仙女的奶,才能治好了!汗王命令你马上去找来仙女的奶,找不回仙女的奶,你也就不用再回来了,回来也要砍你的头!"

牧羊工回家去把大臣的话告诉了他两个妻子,她们说:"我们倒是听说过仙女,但却从没见过。不过,只要你去找,相信是会找到的!"

牧羊工在两个妻子的鼓励下,离开她们找仙女去了。他一路风餐露宿,吃了不少的苦,也问了不少的人,可谁也说不准这世上到底有没有仙女,仙女们都住在什么地方?这天,他照往常一样,天刚亮就上路,见到人就打听,一天下来,他已是又累又饿,都快支撑不下去了,还是一点结果都没有。天快黑的时候,他正准备随便找个地方躺下休息,突然,两次在他困难时给他指点迷津的那个白胡子老头儿,又出现在他面前。牧羊工一见老人家,精神上来了,快步迎上去向老人问好,随后急不可待地把自己出来为汗王找仙女奶的事告诉老人家,请老人家再次给他指明去路。老头儿听了说:"哎,孩子!你这次想去的地方,十分危险!你要找的仙女,在很远很远的地方。你从这里一直向前走,会走到一座顶着天的高山。你就在这座高山脚下过夜。第二天一早,你早早

地上路,中午时你可能上到山顶。上到山顶后,你会看到一顶白毡房。你想要找的仙女,就住在那白毡房里。你围着白毡房转三圈,每转一圈,你喊一声仙女。这样,在毡房里睡觉的仙女会醒来的。仙女醒来,你有什么事情可以告诉她。如果她喜欢你,她会帮助你的。但是,如果仙女不喜欢你,她当场就会杀死你。你去的一路,会看见许多白骨。那些骨头,都是去找那个仙女的人的。我把这些情况告诉你,你仔细想想,要是还想去,你可以照我说的去做。如果不想去了,就马上回你的家,免得你两个美丽的妻子在家苦苦地等你!"

牧羊工知道,他两个妻子是会同意他去寻找的,感谢了老头儿的指点,就照老人家说的上了路。他一路走了好多天,才到了老头儿说的那座顶天的高山。第二天,牧羊工早早地就踏上了登山的路。不到中午时分,他已经登上山顶,看见了搭在山顶的那顶雪白的大毡房。他激动地绕着毡房转了三圈,喊了三声仙女。这时,毡房里传出一声清脆响亮的银铃般的问话声:"谁在喊我?"接着又自问自答地说:"啊,是找我的那个人来了!"

这时,牧羊工突然感到眼前一亮,毡房门口已经站着一个比太阳和月亮更加艳丽的姑娘了。看见他从未见过的这么漂亮的姑娘,牧羊工有点眼花,急忙揉了揉眼睛,与姑娘打招呼,把自己来这儿的缘由告诉了姑娘,请姑娘帮助他。姑娘说:"我不是你要找的仙女,你要找的仙女是我的母后。我早知道你会来找我,所以在这里等你。你不是想要我母后的奶吗?要得到我母后的奶,除非是我的兄弟姐妹,要不就是我的丈夫。你愿意做我的丈夫吗?如果愿意,我们去把一切禀告父王。只要父王答应了我们的婚事，你的要求也会圆满解决的。"

　　牧羊工没有想到，他要找的仙女是神仙王后，也没有想到，仙女的奶外人根本无法得到，更没有想到，神仙公主会提出愿嫁给自己。姑娘的话一说完，牧羊工马上表示同意。他们双双去到神仙的宫殿，小仙女向父王和王后禀告了牧羊工的身世，随即提出与牧羊工结婚的请求。小仙女的父王、母后同意了他们的婚事，为他们举行了三十天婚礼，举办了四十天喜宴。

　　婚礼喜庆结束后，小仙女对牧羊工说："你出来想办的事，已经办好；你离开家也很久了，你的家人特别是我还没见过面的两个姐姐，一定很想念你了。我们明天就动身，回你的家乡去吧！"

　　第二天，他们告别了小仙女的父王母后，骑上他们父王母后赏赐给他们的两匹神驹，向牧羊工的家乡出发了。让他们一路先走着，我们回过头来再说说那个装病的汗王。

　　那个装病的汗王，一心想得到牧羊工美丽的妻子。他用右大臣的诡计支走牧羊工的当天，"病"就好了，马上拿着锥子又去了牧羊工的铁毡房。他费了好长时间的劲，在铁毡房的墙上钻了一条缝。通过那条窄窄的缝，他向铁毡房里一看，只见毡房里坐着两个女人。那两个女人，看上去一个比一个年轻，一个比一个漂亮。他以为自己眼睛看花了，牧羊工只有一个漂亮的妻子，怎么变成两个了？他摇了摇头，准备仔细再看，哪知脚下一滑，跌落到壕沟里了。他费尽力气爬出壕沟，跑回王宫召集大臣们来，对他们说："牧羊工什么时候有了两个老婆？而且那两个女人，比月亮还美，比太阳还亮！我在人间活了几十年，见过

上万个女人,从没见过这样漂亮的!"

大臣们跟着汗王去到牧羊工的铁毡房外面,通过汗王钻出的窄缝,看毡房里面的两个漂亮女人。他们人多,毡房墙上的缝子又窄又小,看的人想多看一阵,不愿意离开,没看到的人想早点看到,你推我挤,挤来挤去,结果都挤到深深的壕沟里了。他们好不容易爬上了岸,汗王又让他们立即想办法,说:"你们都看见了,牧羊工铁毡房里那两个漂亮的女人。你们不是说,让牧羊工去找仙女的奶,肯定会一去不回,他漂亮的老婆也肯定就是我的了吗?可现在牧羊工出去了,他的老婆却整天在铁毡房里不出来,我连见一见都那么困难,还能说是我的吗?你们快想办法把她们给我弄出来,我已经没有耐心再等了!"

大臣们只好又急忙挖空心思,想怎样才能把铁毡房里那两个漂亮女人弄出来的办法。让大臣们挖空心思的想去吧,我们还说牧羊工和他的仙女妻子。

牧羊工和他的仙女妻子骑的神驹,眨眼工夫就把他们送回了牧羊工的家乡。一到家,小仙女见过了鱼公主、鸟公主两位姐姐,随即把汗王的六个妃子叫来,挤了一羊皮口袋牛奶,让牧羊工给汗王送去,并对他说:"你送给汗王,他喝了牛奶会骂你,你就对他说仙女是你的妻子。他会认为你没有找到仙女奶,故意作弄他,他会把你抓起来烧死。不过你不要怕,这时,会有一只白鸽来救你的。"

牧羊工照小仙女说的,把一口袋牛奶拿去交给汗王。汗王见牧羊工提着一个皮袋进来,大吃一惊。等牧羊工把皮袋中的奶子倒给他时,他更是吓傻了,心想:这个家伙还真把仙女的奶找来了?!他喝了一口牧羊工倒给他的"仙女奶",觉得是牛奶,当即怒骂起来:"好你个该死的牧羊工,你这哪是什么仙女奶,明明是普通的牛奶!"

牧羊工十分冷静地说:"不错,汗王陛下! 你喝的就是普通的牛奶。"

汗王更是激怒了,大声质问:"那你为什么用它充仙女奶,想糊弄我?!"

牧羊工还是不慌不忙地说:"汗王陛下! 不是我想糊弄你,你要我为你找仙女的奶,你说的仙女,就是我的妻子,我老婆的奶,你能吃吗?"

一句话,把汗王给噎住了。是啊,如果仙女是牧羊工的老婆,吃牧羊工老婆的奶,不就成牧羊工的儿子了吗! 汗王气得差点没有憋过气去,好半天才喊出话来:"快! 快! 快把他给我抓起来! 抓起来烧死! 烧死他!"

第二天,汗王真下令从七岁的孩子,到七十岁的老人,统统到山上去捡来干柴。让卫士在堆得像山一样高的干柴堆上,倒上羊油,点着火,在火着起来以后,再把牧羊工扔进熊熊的烈火里,决心烧死他。就在牧羊工刚被扔进火中时,空中突然出现一只巨大的白鸽,神不知鬼不觉的,从烈火中把牧羊工叼走了。白鸽是小仙女招来的,它把牧羊工送回他的铁毡房后,就飞走了。牧羊工平安地回来,他的三个妻子告诉他,汗王认为他被烧死了,下一步就会来打她们的主意,怎么对付那个不怀好心的汗王,她们都想好了,让他先好好休息,准备明天汗王来以前,先去见汗王。第二天一大早,小仙女拿出一本红皮书来,对牧羊工

说："你拿着这本红皮书,快快的到烧你的柴灰堆里藏起来。天大亮以后,你慢慢从灰堆里出来去见汗王,把这本书给汗王以后,你就可以回来了。"

牧羊工按小仙女说的那样,拿上红皮书悄悄地去到烧他的地方,藏进柴灰堆里。天大亮后,他听到汗王和大臣们来到烧他的地方,得意地笑谈烧他的经过。这时,他猛地从灰堆里站起来,微笑着向汗王和大臣们走去。汗王和大臣们突然见到已经被烧成灰的牧羊工,微笑着走向他们,吓得连魂都没有了,有的全身发抖,有的尿了一地,有的当场昏倒,有的失去了知觉。牧羊工走到吓得昏死在地的汗王跟前,叫了他几声不见答应,只得把红皮书塞在他手里,然后回了自己的家。到家后,他三个漂亮的妻子大开毡房的铁门迎接他,同时对他说:"现在,你可以说是彻底脱险了,就放心地等待汗王的好消息吧!"

汗王的什么好消息?听我再往下讲。话说汗王不知道过了多少时间才醒过来,他一醒来,立即发现手头握着的红皮书。他翻开书一看,第一页上画着他爷爷的像。像的下面有一行字,写着:"孩子!你为什么要追求那个美女?"汗王不明白这是什么意思,翻开书的第二页,上面画着他大哥的像。像下面也写着一行字:"追求美女没有好结果!"汗王不喜欢听这样的话,又翻开第三页,这一页上是他嫂子的像,像下面的字是:"你应该像那个牧羊工那样被烧死!"汗王更不喜欢了,马上翻看第四页,这一页上画着一个举世无双,比牧羊工漂亮的妻子更加漂亮的姑娘的像。汗王一见这个姑娘的画像,当即就迷上她了。再一看画像下面也有一行字,写着:"就给你娶这个美丽的姑娘!"这下汗王也无心再往后面看了，只想着娶这个姑娘。怎么才能娶到这个姑娘呢？汗王把红皮书上的四句话连起来一想，"你为什么要追求那个美女？""追求美女可没有好结果！""你应该像那个牧羊工那样被烧死！""就给你娶这个美丽的姑娘！"对！牧羊工没有被烧死，我也应该被烧一烧，反正不会烧死的，这样就能娶到比牧羊工的妻子更漂亮的姑娘了！想到这里，他恨不得马上就跳进火里去烧，于是下令所有的臣民立即去找柴火。第二天，干柴堆的比前一天的还高。臣民们，不知道汗王让捡这么多柴火干什么？又是要烧谁？都跑来看。干柴堆浇上油点燃后，不多一会儿，就变成了冲天的烈火。这时，只见汗王兴冲冲地来到火堆前，对大臣们说："快！快把我抬起来扔进火里！"

汗王的话，谁也猜不透有什么用意，不过，谁也不敢不听，只得一拥而上，将他抬起来扔进熊熊的烈火里。邪念缠身的汗王，为了娶得举世无双的美女被烧死在熊熊的烈火里了。万恶的汗王被烧死后，汗国全体人民一致推举牧羊工做他们新的汗王，推举牧羊工三个美丽、聪明的妻子做辅政大臣。他们在新汗王和辅政大臣的带领下，过上了幸福、安宁的生活。